Diese Geschichte ist frei erfunden.

Viele Orte und Personen aber waren und sind real,
-und manche Handlungen sind wirklich passiert.

-...und Musik ist mit ein Hauptdarsteller!

Für jedes Kapitel steht ein Titel, mit emotionaler Bindung dazu!

Then and Now.

Enjoy it.

- I - : ...waking the demon

1 ("On a Storytellers Night" - Magnum)

Wolves

- Wölfe

Wolfgang, Wolf-Dieter, Wolfram, ...

...das sind Namen die in einer Schulklasse mit 25 Schülern und mehr keine Seltenheit sind.

Und über die man sich eigentlich keine Gedanken macht.

Eigentlich!?

2 ("School" - Supertramp)

Senden, Landkreis Neu-Ulm, 1977

Ich bin Geralt, 16 Jahre alt.

Erster Tag an der neuen Schule.
Realschule Vöhringen, Klasse 9c.

Das Vorrücken in die nächste Klasse war mit meinem Notenschnitt für ein weiteres Jahr auf dem Gymnasium gefährdet, -so hat`s geheißen.
Also der Wechsel vor Beendigung auf die Realschule.

Ich komme als Neuer, - die Hierarchien im Klassenzimmer sind gesteckt. Der Neue sitzt vorne, die coolen Jungs hinten. Genauso wie im Bus.

Heute früh hat mich meine Mutter zur Schule gefahren, was mir nicht unrecht war; - später aufstehen.

Ich rede nicht viel.

Manche Kinder in unserer Strasse rufen mir deswegen "Stumm" hinterher.
Seit mein Vater an Demenz erkrankt ist und wir vor einem halben Jahr im Altersheim einen Platz für Ihn bekommen haben reden wir auch zuhause nicht mehr viel.

Zuhause, das ist meine Mutter, mein älterer Bruder Ralf und ich.

26 Schüler in der Klasse.

Ich kann mir noch nicht alle Namen merken.

Doch schräg hinter mir sitzt Birgit. Hübsches Mädel, tolle Figur, blonde schulterlange Haare, Brille - und dahinter schöne graublaue Augen.

Ganz hinten sitzt Rudi.

Einen Rudi gibt's in jeder Klasse.
Er gibt den Ton an, stört den Unterricht, Klassenclown, Spaßmacher, und wenn ihm einer blöd kommt gibt's Haue. Meint er ist der Mittelpunkt der Schule.

Und leider Birgits Freund.

Doch es gibt auch noch die 10.te.
Da sitzen die wirklichen Chefs.
In der Pause nach der dritten Stunde ist es wie in jeder anderen Schule.
Die Jungen spielen Fangen, die Mädchen Gummihüpfen und die Pausenaufsicht Fr. Schuster hat alle Hände voll zu tun, dass alle auf

dem Pausenhof sich bewegen, stehen und jah nicht sitzen.

Das gelingt Ihr bei fast allen.

Wolfgang, Wolf-Dieter und Wolfram, die "WolvesGang" - so werden
sie genannt, alle aus der 10.ten, sitzen auf den Lüftungsgittern, mit
dem Rücken an die Schulwand gelehnt und beobachten gelangweilt
das Treiben.

Mit Ihnen hat es Fr. Schuster schon lange aufgegeben.

Nach der 6.ten Stunde ist Schulschluss und ich fahre mit dem Bus nach
Hause.

"Fahrkarte?"
Der Busfahrer - von allen Johann gerufen- stellt mir die Frage.
"Bin neu, hab noch keine."
Mit einem Kopfnicken schickt er mich weiter.

Obwohl hinten noch zwei Plätze frei sind, bleibe ich im Gang stehen
halte mich an den Schlaufen fest und schaue mich um.

Die Fünferbank ist besetzt, da sitzt die "Wolves-Gang" und noch zwei
aus der Zehnten.

Wolfgang mustert mich von oben bis unten und ich sehe wie er die
Luft langsam durch seine Nase inhaliert, so als wolle er etwas
beschnuppern.

Jetzt steigen auch noch Birgit und Rudi zu uns in den Bus. Beim
Vorbeigehen kommt es zu einer Berührung zwischen mir und Birgit
und ich kann Ihren kleinen aber festen Busen spüren. Hitze steigt in
mir auf.
Unmerklich drehe ich mich zur Seite.
Dann geht Rudi an mir vorbei und drückt mich verächtlich gegen die
Sitzlehnen.

Sie sitzen natürlich auf den noch zwei freien Plätzen.

Wolfram, Wolf-Dieter und Rudi unterhalten mit ihren derben Späßen den ganzen Bus.

Ob man`s hören möchte oder nicht!?

3 ("Supper`s Ready" - Genesis)

Meine Mutter hat wieder gekocht.
Ich kanns schon riechen als ich das Gartentor öffne. Pfannkuchen mit crossen Speckscheiben.
Mein Lieblingsessen.

Ich glaube, daß Kochen und Backen für Sie zur einzig willkommenen Aufgabe geworden ist, seit mein Vater im Heim ist.

"Wie war dein erster Tag?" -
"Geht" -
"Schon Hausaufgaben?" -
"Nein" -
"Musst was lernen?" -
"Brauch ich nicht, -werd Sportler!"

"Und, - Mädels schon gecheckt?" fragt Ralf, mein ältester Bruder, der ausnahmsweise mal zuhause ist.
Dafür bekommt er nur einen kurzen Blick.

Ich gehe aufs Zimmer, das ich mit meinem Bruder teile und lege mich aufs Bett.

Ja, das mit dem Sportler war ernst gemeint.
Seit meinem siebten Lebensjahr spiele ich Fußball, laufe gerne und zuhause trainiere ich mit Ralf, der als neue Leidenschaft Klettern erkannt hat.
Wir haben uns diverse Leisten und Griffe an die Wände und Türen geschraubt und treiben uns gegenseitig zu Höchstleistungen an.
Liegestützen, Situps, Kniebeugen,… .

Ich richte mich auf und schalte die Stereoanlage ein.
Auf meiner Lieblingscassette läuft "Suppers Ready" von Genesis.
Lautstärke auf 1 und ich lehne mich zurück und lasse mich von der
Musik in Gedanken tragen.

Mein Körper hat sich verändert. Muskulös und trotzdem drahtig.
Mit meinen 16 Jahren bin ich schon 1,83 groß. Sonne hab ich noch nicht
viel abbekommen und meine Haut auf meinem durchtrainierten
Oberkörper ist milchig-weiß.
Komisch, ich hatte aber auch noch nie einen Sonnenbrand.

In der Mannschaft bin ich der "Sechser".
Der Staubsauger vor der Abwehr. An guten Tagen macht mir
läuferisch niemand was vor. Dann gibt es auch kaum jemanden der
einen Zweikampf oder ein Kopfballduell gegen mich gewinnt.
- An guten Tagen.

"Warum so leise, -du hörst ja gar nichts?" fragt Ralf als er ins Zimmer
kommt.
"-Für mich ist es laut genug."
"Du, Samstag ist wieder Rockparty im Jugendhaus und wenn Du Lust
hast nehm ich Dich mit. Leg bei Ma ein gutes Wort für Dich ein, dann
darfst auch wieder länger weg!?"

Ralf war mit seinen 22 Jahren inzwischen zur Jugendhausleitung
aufgestiegen, begleitete dies ehrenamtlich, und nahm mich öfters
Samstags mit.

Ein paar meiner Mitspieler sind auch meistens da. Ich muss dann aber
immer um 21 Uhr zuhause sein.
Meine Mutter möchte das so, außer Ralf nimmt mich mit. Dann macht
sie ab und an ne Ausnahme.

"Mal sehen, - weiß noch nicht was am Samstag geht mit den Jungs.
Aber Danke."

Und dann versinke ich wieder in die Musik.

Musik.

Musik ist für mich zu einem unverzichtbarem Medium geworden. Ich kann damit abschalten, meine Gedanken ordnen, -aber auch meine Gefühle ausdrücken.

4 ("Born to be wild" - Steppenwolf)

Ich hatte noch immer keine Fahrkarte, aber Johann wollte sie schon gar nicht mehr sehen. Er begrüßte mich aber mit einem Kopfnicken.

Wieder waren die zwei Plätze vor der Bank frei und ich ließ mich diesmal in die leere Sitzreihe fallen.

In Gedanken war ich bei mir.

Ich spürte Veränderungen in meinem Körper und mit meinen Sinnen. Dies machte mir zu schaffen.

"Warum so leise?" hatte Ralf gefragt als ich Musik hörte, - und er hatte recht. Die Lautstärke war auf 1. Jeder andere hätte fast nichts gehört. Ich konnte sogar von meinem Bett aus hören was meine Mutter unten telefonierte und wie Sie manchmal leise weinte.

Ich kann auch das Wetter riechen.

"Hey Arsch!"
Dies und ein Tritt gegen mein Schienbein schreckten mich auf.
Natürlich Rudi.
"Unser Platz!" Drohend baute er sich auf.
"Klar!" Ich stand auf und musste mich ganz klein an ihm vorbeischieben. Birgit stand hinter ihm und beobachtete nur.

Zweite Stunde: Deutsch.

Unsere Lehrerin Fr. Ferrara warf mit dem Projektor einen Text auf die Leinwand den wir abschreiben sollten. So konnte Sie in Ruhe in Ihrem

Modemagazin blättern.

Flopp.

Da war es wieder.
Zum zweiten Mal.
Und ich spürte einen Luftzug an meinen Haaren. Mit meiner Hand
strich ich durch mein Haar und fieselte ein kleines Papierkügelchen
heraus.
Langsam drehte ich meinen Kopf zur Seite. Zuerst sah ich Birgits
engelhaftes Gesicht, auf ihm ein Anflug von Lächeln und Interesse.
Dann sah ich nur noch ein breites Grinsen und den erhobenen
Mittelfinger von Rudi.

Er hatte aus dem Kugelschreiber die Miene, Feder und
Druckvorrichtung entfernt und so ein Blasrohr gebastelt.

Jetzt riss er ein weiteres Stückchen Papier vom Block, befeuchtete es
und rollte es zu einer Kugel zusammen.
"Was willst DU???", sagte mir sein Blick.
Ich drehte mich um.

Da war es wieder.
Einen Sekundenbruchteil später schnellte meine Hand an meinen
Hinterkopf.
Während meiner Drehung schnippste ich die gefangene Papierkugel
zwischen Daumen und Zeigefinger zurück und traf ihn direkt ins
Auge.
"Ouhh",
ein kleiner Schmerzensschrei entfuhr ihm, aber er hatte sich schnell
wieder unter Kontrolle.

"Rudi!! - Ruhe!!"
Das war alles was vom Lehrerpult kam. Sie hatte nichts weiter
mitbekommen.

Aus dem Augenwinkel sah ich dass Birgit mich bewundernd aber auch
fragend ansah.
Ich wusste aber auch; das würde ein Nachspiel haben, das war sicher.

Ja, und es kam!

Die WolvesGang saß wieder auf Ihrem Platz in der Sonne, hatte alles im Blick und Frau Schuster lief aufmerksam über den Pausenhof. Ich stand alleine etwas abseits, konnte aber auch von Wolfgang und seiner Gang beobachtet werden.

Dann sah ich Rudi langsam auf mich zukommen. Er nahm die Hände aus den Hosentaschen und baute seinen massigen Körper vor mir auf. Birgit unterhielt sich mit zwei Mädels aus der Parallelklasse, sah aber immer wieder zu mir herüber.

"Wir müssen was klären!".
"Wenn Du meinst." entgegnete ich.

Instinktiv verlagerte ich mein Gewicht auf die Fußballen und Zehenspitzen.

"Du gehst mir auf den Sack, ich kann Dich nicht ausstehen und mir gefällt auch nicht wie Du meine Freundin ansiehst!"

"Und was willst Du jetzt machen?"

Während ich diese Worte sprach konnte ich seine Wut spüren, ich spürte wie er seine Fäuste ballte und sich sein ganzes Streben nur darauf konzentrierte mir mit der Faust auf die Nase zu schlagen. ch spürte wie er die Luft durch die Nase saugte, seine Muskeln sich spannten und er schließlich zuschlug.

Behende drehte ich mich zur Seite, seine Faust schoss an meinem Gesicht vorbei. Ich gab ihm einen Schubser auf die Schulter und getragen durch seine Energie und sein Körpergewicht geriet er aus dem Gleichgewicht und torkelte über den Schulhof wie ein Betrunkener,
... was ihm einige Lacher der Jüngeren einbrachte.

Wutverzerrt drehte er sich zu mir um, doch mit dem Pausengong stand auch schon Fr. Schuster mutig zwischen uns.

"Die Pause ist vorbei, -meine Herren, - und Rudi, ich seh Dich gleich im Lehrerzimmer!"

Die WolvesGang ging an uns vorbei und Wolfgang musterte mich mit einem anerkennenden Nicken.

5 ("The Darkest Hour" - IQ)

Beim Abendessen saß ich allein mit meiner Mutter. Ralf war auf Sitzung im Jugendhaus.

"Warst Du heute bei Pa?"
"Ja, aber nur kurz."
"Und?"
"Alles gleich, - sitzt im Rollstuhl vor dem Fenster und schaut raus. Ob er noch was wahrnimmt weiß niemand."

Ich konnte sehen wie Ihre Augen wieder feucht wurden.

"Das einzige was ihn freut ist Kuchen. Er kennt niemanden mehr, weiß nichts mehr - außer Kuchen."

"Das ist kein Leben".
"Doch! Für ihn schon."

Ich kann mich noch sehr gut an früher erinnern. Mein Vater war Polizist und übte seinen Beruf mit Stolz und Zuverlässigkeit aus.

Als wir noch klein waren nahm er Ralf und mich oft mit in den Illerwald und wir spielten Indianer.
Danach rauchten wir dann gemeinsam die Friedenspfeife. Er ließ uns dabei ganz kurz an seiner Zigarette ziehen.
Dies war natürlich gegenüber unserer Mutter unser Geheimnis.

Indianerehrenwort.

Ich werde aber nie vergessen wie er, - ich war gerade neun Jahre alt, vom Dienst nach Hause kam.

"Schaut mal was ich dabeihabe?" fragte er als er eine braune schwere Schachtel auf den Tisch stellte.

Neugierig stellten wir uns um den Esstisch als er den Deckel öffnete und ein blaues Samttuch zur Seite nahm.

Mitten in der Schachtel lag eine schwarze, große Automatikpistole. Daneben ein Magazin und eine Steckschachtel mit silbernen Patronen.

"Wow, ein echter Revolver" sagte ich voller Euphorie.
"Darf ich den mal halten!?"
"Aber pass auf, -die ist schwer."

Mein Vater nahm sie aus der Schachtel, gab sie mir in die Hände, legte seine um meine und führte sie nach oben wie beim Zielschiessen am Schiesstand.

Ich fühlte die Waffe in meinen Händen.
Schwer, bedrohlich, machtvoll.

"Ich musste sie in meinen ganzen Jahren im Dienst noch kein einziges mal benutzen." sagte er stolz.
"Im Dienst nicht! Sie ist der Teufel!", und er meinte damit die Waffe.
Barsch nahm er mir schnell die Waffe wieder aus der Hand und verstaute sie in der Schachtel.

"Gott sei Dank", -hörte ich meine Mutter im Hintergrund flüstern.

Bevor er das Tuch wieder darüber ausbreitete sah ich dass eine der Patronen fehlte.

Dann nahm er die Schachtel vom Tisch und trug sie in die einzige Tabuzone, die wir in unserem Hause hatten.

Das Schlafzimmer unserer Eltern.

Dort verstaute er sie im Schrank zwischen seinen Unterhosen und Hemden.

Das war fast ein Jahr vor seiner Pensionierung.

Mein Vater redete auch nicht sehr viel.
Aber ich glaubte das resultierte aus einem Erlebnis das ihm widerfahren war, -er aber nicht darüber sprechen wollte.
Meine Mutter wusste es und es war wie eine unsichtbare Verbindung der Beiden.

Als er dann endlich in Rente kam wurde mein Vater aber relativ schnell krank.

Demenz.

Am Anfang unmerklich, schleichend, -dann immer schneller.

Er wurde zu einer Belastung für uns alle zu Hause und es gab für uns nur noch den Weg ihn ins Heim zu bringen.
Für meine Mutter war das sehr schlimm und sie schämt sich heute noch immer für diesen Schritt.. Aber für uns war es besser so.

6 ("The Revealing Science of God" - Yes)

Es waren die ersten heißen Tage und die Badesaison stand bevor.

In Senden und Umgebung hatten wir viele Baggerseen in denen heute nicht mehr gearbeitet wird, somit die idealen Badeseen.
Der Waldsee hatte sogar einen Steg der ins Wasser führte, eine große Liegewiese und oft war auch ein Imbisswagen vor Ort der Würstchen und Bier verkaufte.

Aber ich konnte nicht schwimmen, darum ging ich eher selten zum See.

"Hey Geralt, komm mal rüber."
Es war wieder mal Pause und Wolfgang rief zu mir rüber.

In den letzten Tagen ging ich Rudi und Birgit aus dem Weg, obwohl
mich Birgit mit Ihren Blicken immer wieder rausforderte.

"Was?"
"Wir treffen uns heute Nachmittag am Waldsee, -kannst auch
kommen!"
"Mal sehen."
Ich drehte mich um und ging in die Schule zurück. Hat mich Wolfgang
gerade zu seiner Gang eingeladen?
Er hat nicht gefragt "kommst auch?"
Nein, er hat gesagt, "kannst auch kommen!"
Das war eine Einladung! Und, er kennt meinen Namen.

Nach dem Mittagessen holte ich mein Rad aus dem Keller und pumpte
Luft in die Reifen.

"Wo gehst Du hin?"
Meine Mutter trat auf die Veranda und setzte sich in die Sonne.
"Treff mich mit ein paar Jungs."
"Welchen Jungs, -du hast mir nie über welche gesprochen!?"
"Aus der Schule, der Zehnten."
Ich wollte nicht mit meiner Mutter darüber reden.

"Ist es Wolfgang mit seinen Kumpels?"
Ich entgegnete nichts.
"Sie werden die WolvesGang genannt."
"Ich weiß."
"Bleib weg von Ihnen, das ist nicht der richtige Umgang für Dich!"

Ich hörte den Unterton in Ihrer Stimme.
Befehlend, aber auch angstvoll. Und als ich zu ihr aufblickte sah ich
Sorgenfalten auf Ihrer Stirn.

Ich räumte die Fahrradpumpe weg, schob mein Fahrrad aus dem
Garten und radelte los. Ich hatte ein Fahrrad mit Hochlenker und
einen Rückspiegel dran montiert, indem ich mich jetzt selber sah.

"Woher kannte meine Mutter Wolfgang und sein Gefolge?" dachte ich bei mir während ich mich im Rückspiegel ansah.

Die Liegewiese war mit vielen bunten Teppichen übersät und auch im Wasser war schon sehr viel los, obwohl die Wassertemperatur noch nicht so warm sein konnte.

"Hier!"
Wolf-Dieter streckte seinen Arm mit einer Bierflasche in den blauen Himmel, damit ich sehen konnte wo sie waren.

Ich stellte mein Rad ab, zog mein T-Shirt aus und schlängelte mich an den Liegenden vorbei.

Wortlos setzte ich mich zu Ihnen.

Wolfram und Wolf-Dieter, beide leicht angetrunken, machten Flachwitze über die Mädels und pöbelten andere, jüngere Jungs an. Wolfgang lag mit freiem Oberkörper auf die Ellbogen gestützt da und beobachtete wieder alles. Auch neben ihm stand eine halbvolle Flasche Bier.
Er strahlte irgendetwas animalisches, anziehendes aus.
Ich schaute mich um und entdeckte auch ein Stück weiter zum Wasser Birgit und Rudi. Sie lagen eng beieinander und unterhielten sich.

Als Wolfram wieder laut wurde und eine Prostparole über die Liegewiese brüllte, schauten sie auf. Birgit erkannte mich und winkte gleich zu mir rüber.
Ich winkte zurück.

"Sie mag Dich."
"Hm?"
"Du gefällst ihr, ich kann es riechen!"

Wolfgang setzte sich auf und sah mich an.
"Du kannst es auch!"
"Was?"
"Ich weiß dass Du sie auch riechen kannst!?"

Er blickte mir direkt in die Augen.

"Komm mit mir und meinen Jungs."
"Warum, und wohin?" fragte ich arglos.
"Ich will dich dabei haben. Du bist wie ich!"
"Was soll ich sein?" Ich blickte ihn fragend an.

"Du weißt es nur noch nicht! Aber es wird dein Schicksal sein, - und ich werde es bestimmen!"

"Hast Du zuviel Bier?"
Fragend schaute ich ihn an und bemerkte einen gelblichen Glanz in seinen Augen. Mit einem wissenden Lächeln wandte er seinen Blick von mir und trank den Rest der Flasche auf einmal aus.

"Kommst Du mit ins Wasser?"
Birgit schlenderte an uns vorbei und streifte mit ihrer Hand an meinem Oberarm entlang.

"Ich habs Dir doch gesagt, sie mag Dich!", sagte Wolfgang der aufstand um sich ein frisches Bier zu holen und mit seinem Oberkörper jede Menge Blicke, nicht nur von den Mädels einfing.

"Komme."
murmelte ich und zog meine Jeans aus. Schnell ging ich hinter Birgit her und genoss den Anblick Ihres wundervoll geformten Hinterns.
"Wow", dachte ich bei mir.

Am Steg angekommen lief Rudi im Laufschritt an uns vorbei und hechtete mit einem eleganten Kopfsprung ins Wasser.

Birgit stieg die Leiter hinab. An Ihrem Bikinioberteil konnte ich erkennen dass das Wasser wirklich noch sehr frisch war.
Ich stand am Fuße der Leiter und hielt mich krampfhaft fest. Ich konnte ja nicht schwimmen und hatte Angst vor Wasser, wollte mir vor Ihr aber diese Blöße nicht geben. Jetzt stand ich auf der untersten Sprosse und hoffte dass das Wasser nicht zu tief war und ich noch stehen konnte. Doch das war es nicht.
Birgit war schon zwei-drei Meter draußen und sah zu mir.

"Was ist, -Angst vorm Wasser?"

Jaaaa,
-und in dem Moment als ich den Fuß von der Sprosse nahm, -spürte ich dass um und auch unter mir nur Wasser war.
Doch für Panik war in diesem Moment keine Zeit, denn zwei starke Hände auf meinen Schultern drückten mich urplötzlich unter Wasser. Rudi.

Ich war völlig überrumpelt und hatte nicht mal den Mund geschlossen.

Jetzt war Zeit für Panik. Große Panik. Wasser überall. Die Hände hielten mich unten und ich schluckte Wasser.

Verzweifelt trat und schlug ich um mich. Gefühlte Minuten war ich unter der Oberfläche. Ich schlug nach allem. Und anscheinend traf ich. Der Druck der Hände lies von mir ab und ich konnte meinen Kopf aus dem Wasser heben.

Röchelnd, grunzend, hustend und nach Luft schnappend sah ich die Leiter vor mir und griff danach. Alle Sehnen meines Körpers waren gespannt und die Muskeln traten hervor. Adrenalin breitete sich in meinem Körper aus. Ich zog mich auf den Steg, krümmte mich, hustete das Wasser aus und erbrach mich.

"Rudi, du Riesenarsch!!!" hörte ich noch Birgit schreien.

Ich stand auf und rannte noch immer hustend zurück. Wie in Trance zog ich mir hastig meine Jeans und Schuhe an.

"Das mit dem Schwimmen üben wir aber noch!" Wolfgang sah mich an.
"Lass mich!". Ich lief zu meinem Rad und strampelte los als wollte ich im Sprint die Tour de France gewinnen.

Nach zwei bis drei Minuten erst konnte ich das Tempo verlangsamen und fing an wieder normal zu atmen. In mir pulsierte das Blut, ich spürte ein seltsames Verlangen und als ich in den Rückspiegel blickte, sah ich auch gelblichen Glanz in meinen Augen.

"Wie bei Wolfgang" schoss es mir durch den Kopf.

Zuhause angekommen warf ich mein Rad in den Keller und hastete
die Treppen hoch.
Meine Mutter stand in der Küchentüre.

"Geralt, was ist passiert?" Sie sah meine nassen Haare die mir wild ins
Gesicht hingen.
"War schwimmen." entgegnete ich kurz.
"Schwimmen!? Du kannst gar nicht schwimmen, du gehst ja nicht mal
in die Badewanne. Also was war?"

Ich ließ sie stehen und spürte Ihren sorgenvollen Blick der mir folgte
als ich die Treppen hoch eilte.
Diesmal legte ich die erste Seite von "Tales of Topographic Oceans"
von Yes auf den Plattenspieler und drehte den Lautstärkeregler
merklich höher.

Was war passiert, was passierte mit mir? Warum hatte Wolfgang
plötzlich Interesse an mir mit seiner Gang und sprach von Schicksal?
In meinem Kopf drehte sich alles.
Gelbe Augen?

Birgit, -Rudi?
Angst?;
- ja, ich hatte Angst auf der Leiter. Aber nicht vor dem Wasser, sondern
ich wusste schon vorher dass etwas passieren würde.
Ich hatte Angst vor mir selber.

Ich lag auf dem Bett, starrte an die Decke. Die Musik beruhigte mich.
Ich musste an Birgit denken, ihre tolle Figur im Bikini. Meine Hand
glitt dabei in meine Hose.
Ich weiß nicht wie lange ich so dalag.

"Feuchte Träume?"
-erschrocken zog ich meine Hand zurück. Ralf stand im Zimmer mit
irgendwelchen Papieren in der Hand.
"Schon gut, haben wir Alle." sagte er beiläufig zu mir.

"Klasse Musik. Die kommen im Herbst auf Europatournee. Vielleicht kriegen wir von Ma etwas Geld, dann können wir hingehen?"

"Hhm."
-diese kurze Form der Bestätigung oder Anteilnahme war für mich unmerklich gang und gebe geworden.

Sollte ich mit ihm reden, ihm alles erzählen?
Ich weiß es nicht.

7   ("We are the Champions" - Queen)

Donnerstags war Nachmittags Sportunterricht.

Wir konnten uns in verschiedene Disziplinen für das Sportabzeichen eintragen. Die Mädels saßen dann meist auf der Tribüne und feuerten uns an.

Heute war der 5000m Lauf angesagt. Eigentlich meine Paradedisziplin. Mit mir standen nur noch vier weitere auf der Liste. Wolfram, Wolf-Dieter, Wolfgang und natürlich Rudi.
Hätt ich mir denken können?
Doch an der Startlinie standen wir dann nur zu viert.

Rudi saß mit Birgit auf der Tribüne. Er war Sport befreit. Hatte sich wohl beim Baden erkältet.

Startschuss.

Die "WolvesGang" legte ein gutes Tempo vor. Ganz voran Wolfgang, der uns allen aufzeigte wer der Herr im Stadionrund war.

Ich hatte heute keine Lust und fühlte mich auch nicht gut. Ich versuchte meinen Rhythmus für die nächsten 12 ½ Runden zu finden und mir war heute ziemlich egal wer gewinnt.

Während der knapp 25 Minuten hatte ich genügend Zeit meine Gedanken zu sortieren.

Wolfgang legte einen tollen Spurt auf die Bahn, gewann überlegen und ich kam eine halbe Runde nach seinem Gefolge ins Ziel und durfte mir nun Ihren Spott anhören.

Ich sah auf die Tribüne und sofort fiel Rudi mit Worten über mich her.

"He, Schwammerl, wohl noch zuviel Wasser im Bauch?"

Ich wollte mich nicht provozieren lassen. Doch auf seinen nächsten Satz blieb ich ihm die Antwort nicht schuldig.

"Warum ist der Bubi denn Letzter geworden?"

"Weil ich`s kann!!!"

Damit ließ ich sie sitzen und ging zur Umkleide.

8 ("Seven Days of the Wolves" - Nightwish)

Der Sommer war noch nicht stabil und heute regnete es.
Somit vertrieb man sich die Zeit in den Pausen und über Mittag in der Aula.

Wir hatten nachmittags noch zwei Stunden Englisch.

Seit ich heute im Klassenzimmer ankam erfasste mich eine innere Unruhe.
Es lag etwas in der Luft.
Ich konnte es riechen, es war nicht der Regen und ich konnte es noch nicht zuordnen.
Mein Blut floss schneller durch die Venen und alle meine Sinne waren geschärft.
Ja, Wolfgang hatte recht. Ich konnte sehr vieles riechen.

In der Mitte des Schulgebäudes befand sich die Aula und die Klassenräume oberhalb über zwei Etagen ringsherum.
Wie ein modernes Gefängnis.

In der Aula selbst waren Tische zu Reihen aufgestellt. Auch hier gab es die Sitzhierarchie.

Mittagspause.

Die jüngeren Schüler saßen an den Tischen und machten schon eifrig ihre Hausaufgaben.
Wolfgang und die Jungs spielten Karten. "Zwicken"; - damit knöpft man den Mitspielern das Taschengeld ab.

Ich saß vorne am Tisch und lernte noch Vokabeln, ich hatte wahrscheinlich wieder die Ehre dass ich zum Abfragen dran kam.
Doch so sehr ich mich auch konzentrierte schweiften meine Gedanken immer wieder ab, oder wurden durch Geräusche und Gerüche abgelenkt.

"Ist hier noch frei?"
Mit schelmischem Blick sah Birgit zu mir herunter und setzte sich auf den freien Stuhl mir gegenüber. Sie machte Ihren Rucksack auf und holte ein Buch heraus. Der zweite Teil von "Der Herr der Ringe". Es roch etwas modrig, als sei es mal nassgeworden. Doch sie schlug es nicht auf.

"Das mit Rudi tut mir leid." sagte sie.
"Er ist manchmal so ein Arsch!"
"Manchmal?" Ich sah ihr in die Augen und sofort auch wieder weg.
Mir wurde schwindlig. Meine Nase nahm jetzt einen Geruch wahr, der so süß war wie Erdbeermarmelade auf Pfannkuchen.
Er dominierte alles Andere.
Wieder sog ich die Luft ein.

Jetzt wurde es mir gewiss.

Sie war es.
Sie hatte ihre Tage und ich konnte ihr Blut riechen.

Mein Blut pochte mir gegen die Schläfen. Sie sprach mich an, - aber ich verstand nicht mehr was sie sagte und drehte meinen Kopf zur Seite.

Da sah ich Wolfgang am Nebentisch.
Seine Nasenflügel bebten wie die Nüstern eines Pferdes.
Auch er hatte die Witterung aufgenommen.
Für einen Moment dachte ich, ich verliere die Kontrolle, doch als ich eine warme Hand auf meinem Arm spürte holte mich das zurück, ließ mich aber innerlich noch mehr erzittern.

"Was?"
"Ich hab dich gefragt ob du am Samstag mit mir ins Kino gehst? Es läuft "This song remains the same" von Led Zeppelin."

Mir war noch immer schwummrig und bevor ich antworten konnte stand Rudi neben ihr und zog sie rüde vom Stuhl.

"Hey Bitch! Du gehst mit dem Looser nirgendwohin! Verstanden!" schrie er sie an.
"Am Samstag hab ich sturmfreie Bude, meine Eltern sind nicht da, da spielt bei mir die Musik! Du weißt wie ich das meine!?"

Er zerrte sie an der Hand vom Tisch weg, machte ein paar obszöne Gesten in Ihre Richtung, hielt inne, ließ sie los und kam noch mal zurück zu mir.

In mir drehte sich alles und heiße Wut kam in mir hoch. Ich konnte seinen Schweiß riechen.

"Ich sage Dir das jetzt noch mal in aller Deutlichkeit, und wenn Du es in Worten nicht verstehst, kannst Du es Dir auch in großen Buchstaben in dein Hausaufgabenheft schreiben!"

Er stütze sich mit den Handflächen auf der Tischplatte ab und kam mir mit seinem Gesicht so nahe, dass ich seinen heißen widerlichen Atem überall im Gesicht spüren konnte.

"Lass deine Finger von Birgit!"

Ich griff seine Handgelenke und drückte seine Hände weiter auf die Tischplatte. Er wehrte sich sofort dagegen. Ich hielt ihn aber so fest dass seine Fingerknöchel weiß wurden.

Mit leiser aber eindringlicher Stimme, so dass nur er es hören konnte, flüsterte ich ihm zu:

"Mach das noch einmal mit Ihr, und rede noch einmal so mit ihr wenn ich in der Nähe bin, oder es hören kann, dann werde ich Dir sehr, sehr weh tun!!!"

Er versuchte verzweifelt aus meinem Griff zu kommen.
Ich sah ihm aus kürzester Entfernung direkt in die Augen.

Und das was er jetzt sah erfüllte ihn zum ersten Mal mit Furcht und er wollte zurückweichen.

Ich liess seine Handgelenke los und er drehte sich schnell um und ging. Zum Glück stand er dabei mit seinem massigen Körper zwischen Birgit und mir. So konnte Sie diesen Ausdruck in meinen Augen nicht sehen.

Ich neigte meinen Kopf wieder zu den Vokabeln, konnte es aber nicht lassen, noch einmal tief durch die Nase einzuatmen.

Der süße Geruch des Blutes.

Wolfgang tat es mir gleich.

9 ("Child in Time" - Deep Purple)

Samstag.

Ich hatte nicht gut geschlafen.
Alles verfolgte mich wie ein Alptraum und ich konnte es nicht zusammenreimen.
Irgendetwas ging mit mir und um mich vor und ich hatte keine Erklärung.

"Und, kommst heut mit ins Jugendhaus?"
Ralf nahm sich frische Milch aus dem Kühlschrank und setzte sich zu
mir an den Tisch.
Er schmierte sich ein Marmeladebrot und ich musste sofort wieder an
gestern denken.
"Denk schon. Wir haben am Sonntag spielfrei."
Ich spielte in der A-Jugend und wir mussten sonst immer am
Sonntagvormittag um 10.30Uhr ran.

"Ich werd nachher kurz mit Ma reden, krieg ich hin." sagte er mit
einem Augenzwinkern.
"Wo ist sie?"
"Im Heim, bei Pa."

Mit krieg ich hin meinte er, dass er sie überreden konnte dass ich mit
ihm zusammen länger weg durfte. Meistens dann bis 23Uhr.
Hat halt doch auch Vorteile wenn man `nen großen Bruder hat.

Wir trafen uns oft im Jugendhaus am Samstagabend.

Wir, das waren Fräulein, Berber, Schaufel, Schädel und ich. Die hatten
auch richtige Namen. Jürgen, Marcus, Günther und Jerome.
Ja, auch Fräulein war ein Junge.
Er hatte den Spitznamen weil er mit seinen glatten langen Haaren und
seinen feinen Gesichtszügen wirklich wie ein Fräulein aussah, - und
sich manchmal auch so benahm.

Wir spielten gemeinsam Fußball, machten ab und an Party und hatten
auch so ziemlich den gleichen Musikgeschmack.

Als wir reinkamen waren sie schon da und hatten das erste Bier vor
sich.
Ralf hatte es tatsächlich geschafft dass ich bis 23Uhr wegbleiben durfte.

"Hi." mit kurzer Begrüßung für alle setzte ich mich in die viel zu
weiche Couch. Wir saßen meistens in der Couchecke. Wenn man da
einmal drinsitzt will man nicht mehr so schnell aufstehen.

"Und, neue Schule?"

Schaufel sah mich fragend an und hielt mir eine Zigarettenschachtel
hin.
"Geht so".
Ich nahm die Schachtel und legte sie auf den kleinen Couchtisch ohne
mir eine zu nehmen.

Ich konnte alles riechen.
Seinen Atem vermischt von Bier und Zigaretten, das Bohnerwachs vom
alten Dielenboden, den süßlichen Geruch von Gras aus der Teestube
im oberen Stock, und sogar den beißenden Geruch von Urin und WC
Steinen aus der Toilette im Flur.

Die Musik war für meine Ohren viel zu laut, aber von der Auswahl
sehr gut. Black Sabbath, Deep Purple, Manfred Mann etc; - und immer
wieder durften wir uns auch einen Titel wünschen.

Es war noch gar nicht so spät, wir lachten gerade über einen neuen
Witz den Berber zum Besten gab. Da hatte ich wieder den bekannten
Geruch in der Nase, der mir gestern Ärger eingebracht hatte.

Die Tür ging auf und Birgit kam herein.

Sie blieb stehen und ihre Augen mussten sich erst an das Halbdunkel
und die rauchdurchzogene Luft gewöhnen. Ich stand schnell auf und
ging zu ihr.

"Hey Schöne, suchst Du jemand?"
"Ja,… dich." Ich konnte Erleichterung in Ihrer Stimme hören.
"Was machst Du hier, und ohne deinen Terrier?"
Widerwillig stellte ich ihr die Frage, konnte mich aber auch dafür
ohrfeigen. Ich spürte und wusste dass sie wegen mir hier war.
"Wir haben uns gestritten, da bin ich gegangen, wollte jetzt aber nicht
alleine daheim rumsitzen. Meine Mutter hat mich hergefahren und
holt mich um zehn wieder ab."

"Hm", jetzt wars schon halb neun.

"Komm mit, wir haben noch Platz und ich stell dir die Jungs vor."
Ich nahm ihre Hand und führte sie zu unserer Sitzecke.

Mir war eh schon mehr wie warm, aber jetzt war mir heiß.
Ralf kam an uns vorbei und pfiff leise anerkennend durch die Zähne.

"Ja ist denn heut schon Weihnachten?"
mit diesen Worten wurden wir von Schädel begrüßt, und ein
"Halleluja" von Berber hinterher als ich mit Birgit zur Couch kam.

"Mensch Wuchty! Wenn Du auch sonst so wenig quasselst, -aber von
dieser Perle hättest Du uns ja erzählen können!"
Damit war natürlich Birgit gemeint, der es eine leichte Röte ins Gesicht
trieb.
"Nein, ist nicht so wie es aussieht"
rutschte es mir raus und auch dafür hätte ich mich schon wieder
ohrfeigen können.

"Wuchty??"
fragend sah mich Birgit an, als sie sich zwischen Fräulein und Berber
setzte, die ganz schnell zur Seite gerückt waren. Ich hatte nur noch auf
der Lehne Platz.
Ja, ich hatte auch `nen Spitznamen.

"Ist schon ne Weile her." erklärte Schaufel.
"Da hatten wir Pokalspiel, und Geralt hat wieder alles in Grund und
Boden gelaufen. In der zweiten Halbzeit kam dann ein Querpass von
mir auf den Elfmeterpunkt und er hat den Ball so wuchtig ins Tor
gehämmert, dass wenn der Torwart die Finger dranbekommen hätte,
hätt`s ihm die Handschuhe verbrannt!"

Schallendes Gelächter, Bierflaschen hoch, Gemütlichkeit groß!!!

Noch ein Bier später und bei "GammaRay" von Birth Control aus den
Lautsprechern hielten es Fräulein und Berber nicht mehr auf der
Couch und sie gingen zum Flippen auf die kleine Tanzfläche.

Birgit klopfte mit der flachen Hand auf den Platz neben sich, wie wenn
sie einen Hund bittet und sah mich an.
Mir war nicht wohl bei dem Gedanken und dem was gestern war. Sie
roch auch sonst sehr gut. Ein bisschen nach Moschus und ihr Haar
nach Apfelshampoo.

Ich setzte mich neben sie und atmete flach durch den Mund. Trotzdem konnte ich die Wallungen in mir nicht aufhalten. Aber es stellte sich auch ein kribbelndes Gefühl in der Magengegend ein und mir fielen Wolfgangs Worte wieder ein.

Sie holte mich aus meinen Gedanken.
"Bist du oft hier?" fragte sie.
"Hm, Samstags meistens."
Ich spielte mit meiner Bierflasche und fing an das Etikett abzurubbeln.
"Warum willst du mit mir nicht reden?"
"Was soll ich mit dir reden?"
"So wie Jungs mit Mädels reden."
Sie strahlte mich an.
"Du meinst so wie Rudi." sofort wollte ich die Worte wieder zurücknehmen und entschuldigte mich.
"Tut mir leid. Ich hatte noch nie ne Freundin zum Reden".

Ich sah zu den Jungs auf die Tanzfläche um Sie nicht ansehen zu müssen. Die schauten rüber und hielten Bier und Daumen hoch.
"Hättest du denn gerne eine?" als sie das fragte legte sie mir die Hand auf den Schenkel.
Das war zuviel.
Aus den Boxen dröhnte "Paranoid" von Black Sabbath. Wie passend.

Ich sprang auf und stürzte mich regelrecht auf die Tanzfläche und fing wie wild zu tanzen und flippen an. Ich musste mich bewegen, Adrenalin loswerden.
Mich ablenken.

Birgit saß ungläubig auf dem Sofa. Nach ein paar Minuten setzte sich Schaufel neben sie und sie unterhielten sich, schauten aber immer wieder zu mir rüber.

Ich tanzte mich in einen Rausch und vergass Raum und Zeit um mich herum.
Später, als Ian Gillan sich bei "Child in Time" die Seele aus dem Leibe schrie, stand sie plötzlich neben mir.
"Ich muß gehen, Schade!" sie strich mir eine nassgeschwitzte Strähne aus meinem Gesicht.

"Ciao." sie drehte sich um, winkte den Jungs kurz zu und ging zur Tür. Diesmal spürte sie meine Blicke die ihr durch den Raum folgten. Eigentlich wollte ich nicht dass sie ging und ich wusste dass sie es auch nicht wollte und nur auf ein Wort von mir wartete.
Doch ich ließ sie gehen.

"Hey Wuchty. Soll ich dir noch ein Bier mitbringen?" Schädel war auf dem Weg zur Theke.
"Nein, ich geh jetzt auch."

Ohne auf Antwort zu warten ging ich zur Tür. Ralf kam mir von der Teestube entgegen, eingehüllt in eine süßliche Wolke?.
"Brauchst nicht mit mir heim, ich geh allein."
"Jetzt schon, was ist passiert, hat dich die Schöne sitzen lassen? Ist doch erst zehn!"

Kein Kommentar.

"Okay, Ma wird wahrscheinlich trotzdem schon auf Dich warten. Sagst dass bei mir später wird!"

10   ("The Boys are back in Town" - Thin Lizzy)

Wortlos ging ich auf die Strasse, am Kino vorbei ohne einen Blick auf die Plakate zu werfen.

Nach dem Kino musste man rechts in einen Kiesweg einbiegen um eine Abkürzung zu gehen. Die führte an einem Feld entlang.

Der Mond stand schon am Himmel und auch ein paar Sterne waren zu sehen. Ich konnte kilometerweit hören und nahm vielerlei Gerüche wahr.
Ich fühlte mich stark, euphorisch, trotzdem unsicher, fast wie betrunken, hatte aber nur ein Bier. Über dem freien Feld kam man auf eine kleine Strasse die direkt zur Kirche und am Altersheim vorbei führte wenn man ihr nach rechts folgte.

"Ob Vater wohl schon schläft, oder noch immer vor dem Fenster sitzt?" fragte ich mich selber.

Immer wieder schaute ich auch zum Mond auf.
Unruhe. Was war an ihm besonders?
Er strahlte eine seltsame Anziehung aber auch etwas Bedrohliches aus.

Ich musste nach links um die Ecke und dann zwischen vier kleinen Hochhäusern durchgehen bevor ich zu Hause war. An der Ecke zu unserer Strasse stand ein Zigarettenautomat den man von unserem Haus, aus dem Küchenfenster sehen konnte.

Noch bevor ich an der Ecke ankam, konnte ich schon alles hören.
Irgendjemand machte sich am Automat zu schaffen.

Splitterndes Glas und quietschend kreischendes Metall war zu hören.
Aufmerksam ging ich um die Straßenecke.
Ich war gespannt.
Es waren Wolf-Dieter und Wolfram.

Wolf-Dieter riss eine Metallade nach der anderen aus dem Automat, hängte die Federn aus und warf die jetzt losen Zigarettenschachteln hinter sich. Wolfram hatte eine Karga-Tüte in der Hand und klaubte sie schnell auf.

"Leiser und schneller" mahnte Wolfram, der mich um die Ecke kommen sah.
"Na wen haben wir denn da? Und was willst Du hier? Schnupperst uns wohl hinterher?"
Er legte die Tüte auf den Boden und kam langsam auf mich zu. Wolf-Dieter drehte sich auch zu mir um.

"Wohne hier."
"Wo ist Wolfgang?", denn ich hatte die beiden noch nie ohne ihn gesehen.

"Wolfgang ist dieses Wochenende zum Jagen!" Irgendwie machte mich dies stutzig, aber ich konnte nicht mehr drüber nachdenken, denn Wolfram kam mir bedrohlich nahe.

"Du hast hier nichts gesehen und wirst auch nichts zu irgendjemanden sagen, sonst…!"

"Was sonst…?"

Wolfram sprang auf mich, legte mir einen Arm um den Hals und nahm mich in den Schwitzkasten. Wolf-Dieter kam von hinten und wollte mir die Füße wegziehen, so dass sie mich am Boden hätten. Doch soweit kam es nicht.
Alles was sich in den letzten Tagen in meinem Körper angesammelt hatte kam jetzt zum Ausbruch.

Wut, Adrenalin, Kraft, Wildheit.

Mit behender Schnelligkeit verpasste ich Wolf-Dieter einen Tritt nach hinten. Gleichzeitig schlüpfte ich mit Leichtigkeit aus dem Griff von Wolfram, packte ihn am Hals und drückte ihn mit unbändiger Wucht mit dem Rücken gegen das Gitter vom Zigarettenautomat, dass das restliche Glas dahinter auch noch splitterte.

Wolf-Dieter griff nach mir und ich schlug ihm mit der linken Faust in die Magengrube, dass er winselnd und röchelnd wie ein Hund in der Straßenkantel lag.
Noch immer hielt ich Wolfram eisern am Hals gepackt und schrie ihm ins Gesicht. Blut lief ihm über den Hals und über meine Hand.
Das machte mich noch wilder.
Er zappelte mit den Beinen aber er kam nicht los. Ich ballte die linke Faust und wollte sie ihm mitten ins Gesicht schmettern.

"Nein, Geralt, nicht! Hör auf!"
Es war meine Mutter. Sie stand am Gartentor und hielt die Hände auf.
"Komm her. Schnell!"

Die ersten Rolläden der Nachbarn gingen hoch. Ich ließ Wolfram los und eilte mit meiner Mutter ins Haus.

"Dafür kriegen wir Dich!" war das letzte was ich noch hörte als sie, sich gegenseitig stützend um die Ecke liefen.

Im Hausgang hatten wir einen Spiegel an der Garderobe und ich warf einen Blick hinein. Ich erschrak selbst, denn dieser Gesichtsausdruck und Augen waren nicht meins!
"Komm in die Küche!"

Als ich zum Küchentisch ging und mich auf die Eckbank setzte war ich nach außen wieder Ich selbst, -aber innerlich brodelte es noch immer, obwohl sich Zufriedenheit und sogar Triumph mit mischten.

"Fehlt Dir was?"
Sorgenvoll blickte sie mich an.
"Nein", ich sog Luft ein, schaute sie an und sagte euphorisch:

"Ich hätte sie töten können!?"

"Nein, hättest du nicht!" entgegnete sie.

"Aber,..??" Sie setzte sich zu mir.
"Warum? was oder wer bin ich? Und was passiert mit mir? Mutter!??"
Ich nannte sie sehr selten Mutter.
Verzweiflung und Unglaube lagen in meiner Stimme.

"Hast Du gesehen wie ich aussah?" ...diesmal sprudelten die Worte nur so aus mir raus.

"Ja, das hab ich."

11 ("Wonderous Stories" - Yes)

Sie faltete ihre Hände in ihrem Schoß und begann zu reden. Ich hatte meinen Kopf zwischen meinen Händen vergraben.

"Geralt, hör mir zu."

Das tat ich dann auch.

Sie holte weit aus und erzählte von Legenden und Mythen. Von Kopfgeldjägern und Söldnern und dass überall in der alten Welt unter ihnen auch Wolfsmenschen und Werwölfe wandelten. Halb Mensch, halb Wolf.

"Das hört sich aber jetzt an wie in nem schlechten Film", ich blickte sie an, sah aber die Ernsthaftigkeit in ihrem Blick.
"Und was hat das jetzt mit mir zu tun?"
Das Pochen in meinen Schläfen nahm wieder zu.

"Geralt, Du hast Wolfsblut in Dir!"

"Was?"
"Die Blutlinie setzt sich in Dir fort. Dein Opa hatte Wolfsblut in sich und hat es durch die Gene deines Vaters an dich weitervererbt."
"Aber, woher und wie…?"
" Generationen um Generationen. Ist dir noch nie aufgefallen dass du dem Zyklus des Mondes unterliegst. Seit deinem dreizehnten Lebensjahr passt du dich und vor allem dein Körper den Mondphasen an."

"Aber,.." ….jetzt wo sie es sagte.
Pubertät hin oder her, aber mein Körper und meine Sinne hatten sich seitdem extrem verändert. Und vor allem bei Vollmond.
"Weißt Du noch wie ich dir immer mal wieder gesagt habe dass die nächsten Tage besonders gut werden?"
Ja, das wusste ich noch und es war dann auch so, besonders im Sport. Es war wie eine Portion Extra-Energie! Aber ich hatte es nie hinterfragt.
"Heißt das,… es ist wie in den Büchern oder Filmen und ich, -ich,…ich werde mich irgendwann verwandeln?" fragte ich interessiert.

"Nein, sonst hättest Du das schon längst.
Du bist ein Mensch und es fließt ein Teil Wolfsblut in Dir. Du unterliegst dem Mondzyklus, mal mehr, mal weniger. In dir verbinden sich die Intelligenz eines Menschen und die instinktiven Eigenschaften eines Wolfes. Mit dem menschlichen Willen kannst du aber das Tier in

Dir unterdrücken. Du musst nur noch lernen damit umzugehen."
"Und wenn ich das nicht kann, .. Oder sogar nicht will?
-Du hast gesehen was da draußen passiert ist!"

"Nein, Geralt, beruhige Dich. Verwandeln wirst Du dich nur wenn Du
von einem Alphawolf gebissen wirst und infiziert bist!"

"Das kann ich nicht mehr glauben, … das wird ja immer noch besser?
Gibt's noch mehrere, vielleicht ein ganzes Rudel?"

"Ja, es gibt noch mehrere. Und einige sogar unter uns!"

"Aber, …und, -und warum weißt Du soviel darüber, oder erfindest du
das nur alles? Ich versteh gar nichts mehr!?"

Das war mir jetzt alles zuviel und ich wollte aufstehen, doch was sie
dann sagte traf mich wie ein Faustschlag!…

"Dein Opa wurde von einem gebissen."

"Was?"

Ihre Stimme war jetzt leise aber durchdringend.

"Dein Opa wurde von einem Alphawolf gebissen und hat sich danach
zu jedem Vollmond in eine wolfsähnliche Bestie verwandelt.
Zuerst hat er nur irgendwelches Viehzeug gerissen und getötet, bis er
das erste Mal gemordet hat."
"Aber?.." die Worte arbeiteten noch in mir.
Mein Opa,…- mein Opa hatte mich als kleinen Jungen auf den Knien,
… er hat "Hoppe, Hoppe Reiter" mit mir gespielt und mich auch ab
und an ins Bett gebracht wenn Ihr mal aus wart.
 Nein!"

"Dein Opa ist auch nicht auf einer seiner Reisen an einem Virus
gestorben ,wie wir Euch erzählt haben."
Sie konnte ihre Tränen nicht mehr aufhalten.
Und schluchzend, aber eindringlich sagte sie:

"Dein Opa wurde von Deinem Vater mit einer Silberkugel
erschossen!!!"

Sie sank auf dem Stuhl in sich zusammen und weinte bitterlich.

Die Worte hallten in mir nach wie ein Pistolenknall. Ich lag jetzt halb
auf dem Tisch und auch ich hatte Tränen in den Augen.

Minutenlang saßen, lagen wir da und weinten. Dann stand ich auf und
ging zu ihr.

"Ma!"... ich nahm sie in die Arme und hielt sie fest.
"Warum Pa?" fragte ich sie leise.

"-Nur der Vater oder der älteste Sohn kann diese mörderische
Verwandlung beenden!"

Dies hat also meinen Vater einsam, einsam krank, dement gemacht.
Das war sein Vermächtnis das er die letzten Jahre in sich trug, nur mit
meiner Mutter teilte, und mit seinem Schweigen mit ins Heim
genommen hat.

Und jetzt wusste ich auch warum eine der silbernen Patronen fehlte.

"Ich hab Angst um Dich!" ihre Hand strich mir über die Wange.

"Brauchst Du nicht." log ich, denn ich hatte ja selbst Angst um mich.
"Du hast ja gesehen wie stark ich bin , -und gebissen hat mich auch
niemand!?" mit diesen Worten wollte ich sie aufmuntern, doch das
ging entschieden in die Hose.

Sie gab mir eine Ohrfeige und meine Wange fing zu brennen an.

"Mach ja keine Witze darüber, da ist nichts zum Lachen."

Todernst schaute sie mich an.

"Und, -ich sags dir nochmals! Halte Dich von Wolfgang fern."

Ihre Worte trafen mich wie der zweite Pistolenknall an diesem Abend.

"Er ist ein Alphawolf!!"

12 ("Dream on" - Aerosmith)

Wir lagen nebeneinander im Gras das durch die hereinbrechende Dunkelheit langsam feucht wurde.

Unsere Hüften berührten sich.

Ich lag auf dem Rücken und beobachtete sie. Birgit lag auf dem Bauch, den Kopf mit den Ellbogen und Händen abgestützt und redete und redete.

"Ich freu mich schon so auf die Sommerferien, da haben wir mal richtig viel Zeit für uns. Schade ist nur dass ich mit meinen Eltern für zwei Wochen in die Berge zum Wandern fahren soll. Aber vielleicht kann ich Ihnen das noch ausreden!
Das wäre doch klasse?
Oder?"

"Hmhm"
"Weißt Du, auch wenn du nicht viel redest, aber gut zuhören kannst Du. Oder hast Du mir überhaupt nicht zugehört?"

In der Zwischenzeit stand der Mond in der ganzen Größe am Himmel und spendete ein magisches Licht.

Ihr Gesicht leuchtete und hinter den Brillengläsern strahlten ihre Augen mit den ersten Sternen am Himmel um die Wette.

"Du hörst mir gar nicht zu, stimmts!?"
Sie boxte mich mit ihrer kleinen Faust neckisch auf die Brust.
Sie sah mich an, nahm ihre Brille ab, und ihr Gesicht kam meinem immer näher.

Ihre samtroten Lippen öffneten sich leicht und ihre Augen schlossen sich langsam.

Brutal packte ich sie an der Schulter, warf sie auf den Rücken und zog ihr mit meiner Hand in ihren Haaren den Kopf nach hinten.
Mit einem fürchterlichen Biss meiner langen Reißzähne riss ich ihr die Kehle aus dem Hals. Blut schoss ihr aus der tödlichen Wunde und gierig tauchte ich meine Schnauze in die rote süßliche Flut.

Meine Hände strichen über mein Gesicht.

Meine Stirn, Nase, Wangen waren nass und auch meine Haare waren feucht.

Ich hatte geträumt.

Erleichtert stand ich auf und ging zum Fenster.

Mich wunderte dass ich nach allem überhaupt geschlafen hatte!?

Der Mond stand hoch am Himmel und alles war in sein gespenstisches Licht getaucht.

"Er ruft mich", dachte ich, so als wolle er sagen,
"komm, die Nacht ist noch jung!"

In dem Moment konnte ich nicht anders.

Ich machte das Fenster auf, reckte meinen Kopf hoch hinaus und heulte wie ein Wolf über die Dächer.

Keine Minute später hörte ich eine Antwort.

13 ("More than a Feeling" - Boston)

Montag war wieder Schule.

Den ganzen Sonntag hatte ich im Zimmer verbracht, Musik gehört, geschlafen, und wurde nur durch blöde Träume geweckt. Einmal kam meine Mutter ins Zimmer und setzte sich zu mir ans Bett. Ich stellte mich schlafend und sie ging wieder.

Sie tat mir leid. Die ganzen Jahre diese Bürde und das Wissen über mich. Wie konnte ich das aufhalten, gutmachen, mich verhalten?

Die hintere Bank im Bus war komplett leer.

Nanu?

Ich setzte mich mitten auf die Bank, breitete die Füße aus, so dass links und rechts keiner mehr vorbei konnte.

Rudi stieg ein und rutschte ohne mich eines Blickes zu würdigen in die leere Bank davor. Birgit kam auch, setzte sich aber gleich neben dem Einstieg auf einen freien Platz und unterhielt sich mit Johann.

Ein kurzes "Hallo" als sie sich auf Ihren Platz im Klassenzimmer setzte, das war es auch schon.

Wie wenn sie fühlen und verstehen könnte, dass ich mit meinen Gefühlen nicht klar kam?

Mir war`s recht.

Komischer war nur, dass die WolvesGang heute fehlte. Bei Wolf-Dieter und Wolfram hatte ich eine klare Vorstellung warum, aber was und wo war Wolfgang?

Heute gab es zum ersten Mal hitzefrei.

Nach der fünften Stunde war Schulschluss.

"Wenn wir uns beeilen und zum Bahnhof laufen, bekommen wir den normalen Linienbus, dann sind wir ne Stunde früher zuhause!" sagte ich zu Birgit.

"Hey, Klar ich komm mit. Danke."

Ich nahm ihren Rucksack und verwundert lief sie neben mir her.

Zum Bahnhof braucht man normalerweise fünfzehn Minuten. Die hatten wir aber nicht, wollten wir den Bus noch kriegen. Im Eiltempo rannten wir die Strassen runter und schafften es in nicht ganz zehn Minuten.

"Hut ab! Du bist ganz schön gut drauf."

Anerkennend schaute ich sie an als wir am Bahnhof ankamen.

"Nicht nur du machst Sport." konterte sie außer Atem. Sie machte ihren Rucksack auf.
"Mist, jetzt hab ich meine Flasche vergessen, -weil Du so gedrängt hast!"
Der Vorwurf war berechtigt.
"Warte, ich hol was."
Schnell lief ich zum Kiosk gegenüber und kaufte eine Dose Cola. Ich nahm das Wechselgeld auf und eine Schlagzeile der Neu-Ulmer-Zeitung, die verkaufsbereit am dem Tresen lag, ließ mich erschauern und Hitze wallte wieder in mir auf.

"Spaziergänger von wildem Tier angefallen und getötet!"
-Ein Jäger fand am Sonntag gegen Mittag die Leiche eines Mannes…..

Weiter kam ich nicht zum Lesen.

"Geralt, komm, der Bus!" Birgit rannte schon mit ihrem Rucksack zum Einstieg. Ich ließ das restliche Wechselgeld liegen und eilte mit der Cola hinterher.

"Fahrkarte?", die Frage war an mich gerichtet und es war nicht Johann der fragte. Ich blitzte den Fahrer an und als er meinen Gesichtsausdruck und meine Augen sah, winkte er mich schnell durch.

"Geralt, was ist? Du bist kreidebleich!"
Besorgt rutschte Birgit ans Fenster, dass ich mich zu ihr setzen konnte.
"Wahrscheinlich zu schnell gelaufen, dehydriert!"
Ich machte schnell die Cola auf, nahm einen Schluck und gab sie dann Birgit. Die ganze Heimfahrt saßen wir schweigend nebeneinander.
"Besser?" fragte sie mich nachdem wir ausgestiegen waren. "Hm, geht. Bis morgen."
Ich wollte weg von ihr und in Ruhe nachdenken.
"Warte, ich hab noch was für dich!"
Sie stellte sich auf Zehenspitzen und drückte mir einen Kuss auf die Wange.
"Für die Cola."

Mein Vater hat jeden Abend nachdem er von der Arbeit kam die aktuelle Zeitung gelesen. Er hat sie dazu auf dem Küchentisch ausgebreitet dass jeder der vorbeiging automatisch einen Blick darauf warf.
Zum Glück hat meine Mutter sie abbestellt nachdem mein Vater ins Pflegeheim kam.

Ich ging ohne Essen auf mein Zimmer und blieb auch den restlichen Tag oben.
Trotz schönem Wetter, trotz Fußballtraining.

Meine Mutter dachte ich muß das Wochenende noch verarbeiten, doch jetzt kam noch viel mehr dazu.

Wolfgang!?
Das konnte doch nicht sein.
Hat er etwas mit der Schlagzeile zu tun?
Aber es passt schon irgendwie zusammen. Sein Verhalten, seine Äußerungen.
Wolfgang ein Alphawolf?

-"…er ist beim Jagen" hat Wolfram gesagt.

Wie soll ich mich verhalten, was soll Ich tun?
Werde ichs in Griff kriegen, wenn meine Mutter recht hat. Und wenn nicht?
Werde ich jemandem weh tun, ohne dass ichs möchte? -kontrollieren kann??

Ralf? Mutter? Birgit???

Ja, Birgit, -ich empfand etwas für sie was völlig neu für mich war!

Alles Fragen, Sorgen, Tatsachen die einem Jungen nicht widerfahren sollten!

Nein!
Mit 16 sollte das Leben noch unbeschwert und leicht sein!?

Wenn der Vollmond seine Runde zieht,
das Mondlicht mit den Schatten spielt,
ein gar klagendes Heulen man hört,
der Ruf des Blutes wird beschwört.

Keine Hand die seine hält,
verstoßen in eine andere Welt.
Verdammt zu morden, ohne Sinn und Verstand,
auch vergessen was Freunde einst verband.

Klagend heult er ihn heraus in die Nacht,
legt in den Ruf all seine Kraft.
Einsamkeit erfüllt sein kaltes Herz,
noch Nie empfunden größeren Schmerz.

Erlösung erst schenkt das schwarze Tuch,
getragen von Freunden an seinem Begräbnis.

Von reinem Silber befreit aus dem Leben,
wird man ihm vielleicht vergeben?

15 ("Telephone Line" - Electric Light Orchestra)

Meine Mutter holte mich aus meinen Gedanken.

"Geralt, Telefon, es ist Jürgen." hörte ich sie von unten rufen. Es war kurz vor 22Uhr.

"Komme."

"Ja?"

"Hi Geralt. Mann, was ist los Alter. Wo warst heut zum Training?"

"Hey Fräulein, sorry, musste was wichtiges erledigen, muss mich auch noch beim Trainer entschuldigen!"
"Ja, mach das, er hat sich auch gewundert dass du nicht da warst. Aber, was ich dir sagen wollte.
Ich hab doch morgen Geburtstag, und da wollen wir uns gegen 18Uhr am Großen Baggersee am Kiesstrand treffen. Lagerfeuer, Würstchen Bier. Kommst?"

" Ich denk schon."
"Okay, dann bis morgen."

"Klar. Soll ich was mitbringen?" fragte ich noch anstandshalber.

"Ja, -bring Birgit mit!? Tschau!", er legte auf und ich sah ihn durchs Telefon grinsen.

Meine Mutter hatte von der Küche aus alles mitgehört.

"Ma, Jürgen hat mich morgen zu seinem Geburtstag eingeladen. Kann ich?"
"Wer geht noch?" fragte sie mich.

"Schaufel, Berber,… die Clique vom Fußball halt."

"Versprich mir dass du um zehn wieder da bist?"

"Ma???"

"22Uhr!!!"

"Ok, -Versprochen!"

16 ("Come sail away" - Styx)

Wolfgang und seine Gang waren wieder nicht in der Schule.

Was war los?
Auch von den anderen Schülern aus seiner Klasse wusste niemand warum?

Diesmal setzte Birgit sich im Bus gutgelaunt gleich neben mich und fing sofort zu reden an.
"Magst Du gute Neuigkeiten hören?"

...was sollte ich da drauf bloß antworten!?
"Hm?"

"Ich muss in den Sommerferien nicht mit meinen Eltern in die Berge fahren und darf die zwei Wochen bei meiner Tante bleiben. Ist echt spitze. Dann können wir viel miteinander unternehmen, wenn Du möchtest?" fragte sie mit einem gewissen Unterton.

Heißt das, dass wir jetzt zusammen sind? stellte ich mir die Frage!
Und, was schlimmer war, mein Albtraum fiel mir wieder ein.

"Hast Du Lust heute Abend auf Fräuleins Geburtstag mitzugehen?" fragte ich sie graderaus, ohne sie anzusehen.

"Wird das ein Date?"
Ihre Augen strahlten mich an.

"Ein Date wärs wenn wir alleine wären!"

"Aha", sie nahm meine Hand.

"Merkst Du was? -So reden Jungs mit Mädels! -Holst Du mich ab?"

"Halbsechs?"

"Ich warte!"

17 ("It`s Time" - Saga)

Das Wetter war überragend und der Abend sollte warm bleiben.

Nur im T-Shirt ging ich um halbsechs, pünktlich, die Stufen zum Eingang ihres Hauses hoch und klingelte.

Ihre Mutter machte mir auf.

"Hallo Fr. Ziegler, ich bin Geralt und möchte Birgit abholen."
Sie musterte mich von unten bis oben und sagte,
"Ah, du bist das also von dem sie die ganzen letzten Tage so schwärmt. Ja, Gottseidank hat sie den Rudi in den Wind geschossen. Den konnte ich nie richtig leiden! Komm rein."

Ich konnte darauf nichts mehr sagen und folgte ihr durch den Flur.
Birgit kam auch schon die Treppe runter, die blonden Haare zu einem Pferdeschwanz gebunden und sah wie immer klasse aus.
"Hallo Geralt," ich nickte nur, "bist aber pünktlich. Das bin ich nicht gewöhnt." Damit meinte sie wohl Rudi.
"Um 22Uhr bist du wieder da, und Du bist mir dafür verantwortlich!" sagte ihre Mutter zu mir.
"Jawohl, Miss!" antwortete ich spontan.
"Gentleman." Und wir alle drei mussten grinsen.

Birgit warf noch einen prüfenden Blick in den Garderobenspiegel, zwinkerte mir zu und nahm mich an der Hand.
"Bis dann," sagte sie zu ihrer Mutter.

Ich konnte spüren, dass sie uns hinterhersah bis wir um die Ecke gebogen waren.

Wir mussten am Sportplatz vorbeigehen und Birgit ließ meine Hand nicht mehr los, was mir diesmal nicht unangenehm war.

"Kommen alle wieder die am Samstag da waren?"
"Vielleicht noch ein paar mehr, weiß nicht wen Fräulein noch eingeladen hat?
Gut dass du ne Jacke dabei hast, wenns dunkel wird wird's am Wasser ganz schön frisch!"
"Und du?"
"Brauch keine, hab Hitzen!" Sie drückte kurz meine Hand.

"Sind andere Mädchen auch da, oder haben die anderen noch keine Freundinnen?"
Dabei sah sie mich von der Seite an.
Aha, jetzt ist sie also meine Freundin. Ich drückte ihre Hand.
"Conny, die Freundin von Berber wird wahrscheinlich noch da sein, ansonsten, -hm..?"

18 ("Lights" - Journey)

Von weitem, lange bevor wir sie sahen, konnte ich sie schon hören.
Fräulein, Schaufel, Berber und Conny, aber auch noch Yeah und Freddy -zwei Bekannte aus dem Bräustüble - unserer Vereinswirtschaft, waren da.
Ich konnte auch das Lagerfeuer und die Würstchen riechen die schon auf dem Rost lagen.

"Alles Gute." Ich drückte Fräulein und sagte, "Birgit kennst Du ja schon.
"Auch alles Gute" sie nahm ihn in den Arm und küsste ihn links und rechts auf die Wangen.
"Da wünscht ich ich hätt jeden Tag Geburtstag! Danke schön."

"Bier?" Schaufel kam schon mit zwei Flaschen in der Hand. Birgit griff nach einer Flasche und sagte, "Eins geht!"
Ich nahm das andere, da holte sie schon ein Feuerzeug aus der Tasche und mit gekonntem Griff öffnete sie den Kronkorken. Sie hielt mir das Feuerzeug entgegen und ich nahm ihr aber die offene Flasche aus der Hand.

"Na dann" sagte sie, öffnete schnell die zweite Flasche.

"Prost und auf dein Wohl Fräulein." Alle hielten ihre Flaschen hoch und prosteten sich zu.

Es wurde ein schöner Abend.

Wir saßen ums Feuer, -die Würstchen waren außen verkohlt, aber innen immer noch nicht warm, schmeckten aber trotzdem.

Es wurde immer lustiger und spaßige Geschichten, Witze und der eine oder andere derbe Spruch machten die Runde.

Birgit saß bei Conny und es sah so aus als verstanden sie sich prächtig. Die Dämmerung brach herein und der flackernde Schein des Lagerfeuers erhellte unsere Gesichter.

Das erste Licht des noch großen Mondes brach sich in der leicht kräuselnden Oberfläche des Sees.

Ich vernahm ein fernes Jaulen, das nur für meine Ohren zu hören war und meine Nackenhaare sträubten sich.

"Mir wird kalt!"
Birgit setzte sich neben mich, zog ihre Jacke an und lehnte sich an mich.
"Es ist schon halbzehn, wir müssen bald los."
"Ja, viertel vor gehen wir!"

Ein Joint machte die Runde, Birgit reichte ihn mir ohne dran zu ziehen, und auch ich gab ihn weiter.

"Wuchty!" was los?" fragte Yeah, der ihn gebastelt hat.

"Nein, Sorry. Muss noch ne wertvolle Fracht heimbringen!"

Als ich das sagte fuhr ihre Hand unter mein T-Shirt und streichelte meinen Rücken.
Ein wohliges Gefühl machte sich in mir breit und ich vergaß für kurze Zeit meine Sorgen und Ängste.

Aber meine Sinne blieben wachsam.

Wir wollten nicht schon beim ersten gemeinsamen Ausgehen zu spät kommen, also verabschiedeten wir uns pünktlich.

Jeder herzte Birgit.
Anscheinend wurde sie von allen akzeptiert, was mir sehr gut tat.

19 ("You make lovin`fun" - Fleetwood Mac)

Wir liefen den Waldweg entlang, der vom Mondlicht erhellt wurde Richtung Sportplatz.
Meine Ohren versuchten jedes Geräusch zu identifizieren und meine Augen suchten die Dunkelheit ab.

"Was ist los mit Dir, war ich blöd?" sie spürte meine Anspannung und innere Unruhe.
"Nein, überhaupt nicht."
Ich hielt an und nahm sie ganz eng in den Arm.
"Du wühlst mich zwar auf, aber strahlst auch Ruhe und Zufriedenheit auf mich aus."
"Möchte gern wissen was in deinem Kopf vorgeht?"
"Bin stolz auf Dich heute Abend."
"Und ich bereue es nicht dass ich mitgekommen bin. Ist schön mit Dir und ich fühl mich geborgen neben Dir!"

Geborgen!??, geborgen neben mir?
-ich werde Dir vielleicht unbewusst eines Tages sehr weh tun, oder
was sonst noch was!!!

In meinem Kopf begann sich wieder alles zu drehen. Trotzdem küsste
ich sie leicht auf die Lippen, sie erwiderte es und es wurde eine
gefühlte Ewigkeit daraus.

"Danke für den schönen Abend!"
sagte sie mir im Vorgarten ihres Hauses.
Sie wollte mich wieder küssen.

"Und danke dass Du sie pünktlich nach Hause gebracht hast!" rief mir
ihre Mutter zu die plötzlich mitten in der Haustüre stand.
"Da brauch ich mir vielleicht in Zukunft nicht mehr so viele Gedanken
machen."

Birgit drückte mich noch kurz und lief zu ihrer Mutter.
"Komm gut heim!"

20 ("Out of the Wilderness" - Arena)

Wieder am Kino vorbei.
Diesmal schaute ich mir die Plakate an.

"Der Weiße Hai"
- muss gut sein der Film, hab ich schon von vielen gehört.
Kassenschlager in Amerika.
Bald gibt's Taschengeld, dann kann ich sie ja vielleicht einladen?

Um die Ecke, am freien Feld zur Strasse zum Altersheim.

Wie es Pa wohl geht? Muss mal wieder nach ihm sehen! ...!

-Doch, ja -es gefiel mir mit Birgit und irgendwie hatte ich das Gefühl
dass mehr draus werden kann.

Schön ist auch dass sie redet, dann brauch ich es nicht tun.
Meine Gedanken tanzten um sie, um ihre tolle Figur, ihre Augen, ihr
Lachen. Ich hatte noch jetzt ihren Geruch in der Nase.

Urplötzlich und unbemerkt stürzte sich eine große schwarze Gestalt
auf mich und riss mich brutal zu Boden.

Die Gedanken an sie hatten mich für den Moment unaufmerksam
werden lassen. Die Gestalt musste sich aber auch sehr leise genähert
haben, ich hatte nichts gehört.

Es war Wolfgang, -ich hatte ihn noch nicht erkannt, aber jetzt konnte
ich ihn riechen.
Sein Geruch war noch viel stärker, ausgeprägter als sonst.

Aus dem Feld kamen nun auch schnell Wolfram und Wolf-Dieter.
Sie packten mich gemeinsam und richteten mich auf.
Ich wollte mich wehren, aber Wolfgang hielt eisern meine Arme am
Rücken.

"So," grunzte Wolfram, " jetzt haben wir dich ja!"
An seinem Hals waren noch blutige Schnitte zu erkennen. Mit dem
Fuß wollte er mir in die Weichteile treten, aber ich konnte mich trotz
des Griffes zur Seite drehen, so dass er ins nichts kickte.

"Was wollt Ihr?"

-"Du meinst was Ich will!!!" raunzte mir Wolfgang mit leiser Stimme
ins Ohr.
"Warum hast du sie so zugerichtet?" damit meinte er die Beiden.
"Sie haben angefangen, ich hab mich nur gewehrt!"
Ich wollte mich umdrehen, ihm ins Gesicht sehen. Aber er ließ es nicht
zu.
Wieder kam Wolfram auf mich zu und diesmal erwischte er mich mit
einer Geraden auf den rechten Wangenknochen.
Schmerz breitete sich in mir aus und Wut kochte in mir hoch.

Wolfgang griff noch fester zu und Wolf-Dieter spuckte mir aus
nächster Nähe ins Gesicht.

"Feige Hunde!" schrie ich sie an.

"Jaa, das sind sie!" sagte Wolfgang.
"Feige Hunde!" Jetzt ließ er es zu, dass ich mich umdrehen konnte,
ohne meine Arme loszulassen.
Wolfram und Wolf-Dieter hielten mich zusätzlich fest.

"Feige Hunde sind sie, … keine Wölfe wie Du und Ich!!!"
Ich konnte jetzt sein Gesicht im Mondlicht sehen. Es hatte nur noch ein
bisschen Ähnlichkeit mit dem Gesicht das ich kannte.

Die schwarzen Haare hingen ihm in die Stirn. Dunkle, lederartige
Haut überzog seine kantigen Wangen und seine hakenartige Nase, die
Nasenlöcher wie Nüstern gesträubt.
Aus seinem Mund war eine längliche, wolfsähnliche Schnauze
geworden mit vielen scharfen, und zwei langen Reißzähnen darin.
Seine Zunge hing leicht aus dem Mundwinkel und triefte.

Das faszinierendste aber waren seine Augen.
Sie lagen tief in seinen Höhlen, -gelb, wie das Feuer der Hölle und
schienen zu glühen.

"Warum stellst Du dich gegen mich, anstatt mit mir die Verwandlung
zu genießen. Gemeinsam wären wir so stark und die Stadt und die
Wälder könnten uns gehören."

"Nein, ich werde nicht wie du zu einem Mörder werden!"

Ich konnte meinen Blick nicht von diesen faszinierenden Augen
nehmen.

Diese kamen meinem Gesicht immer näher.

"Dann werde ich Dich zu einem machen!!!"

Seine Fratze verzog sich zu einem breiten Grinsen, er drehte
blitzschnell den Kopf und schlug seine großen Fangzähne in meinen
linken Oberarm.

Die Schmerzen waren unerträglich und entlockten mir ein heulendes Jaulen.

Er ließ gleich wieder von mir ab, gab seinen Hunden ein Zeichen die mich sofort los ließen.

Ich sank auf die Knie und mit der rechten Hand drückte ich sofort auf die stark blutende Wunde.

"Du wirst schon bald zu mir kommen und mich mit eingezogenem Schwanz um Hilfe bitten! "

Mit rauhem Lachen aus seiner blutverschmierten Schnauze drehte er sich um, winkte den beiden und verschwand lautlos im Feld.

21 ("The Gates of Delirium" - Yes)

Zitternd kniete ich auf dem Weg und nahm meinen Gürtel aus den Schlaufen meiner Jeans und zog ihn ganz eng oberhalb der Wunde zu. Das war momentan das einzig vernünftige das mir einfiel. Egal obs hilft oder nicht.

Dann setzte ich mich auf den sandigen Boden.

War ich noch in der Realität?
Vor zwanzig Minuten küsste ich einen Engel und jetzt bin ich Hauptdarsteller in einem Horrorfilm!?

"Ma!" -wie konnte ich an ihr vorbei ohne dass sie was merkte?

Was, wenn all ihre Ausführungen stimmten und ich mich zum nächsten Vollmond in eins von diesen blutrünstigen Viechern verwandelte?
Selbst auf die Jagd ging?
Mordete, tötete?
Unkontrollierbar!

Ich schaute mir die Wunde an, die noch immer blutete.

Seine langen Reißzähne sind oberhalb meines Oberarmknochens ins Fleisch gedrungen und hatten Sehnen und Muskeln verletzt. Der Kiefer unterhalb hat mir "nur" das Fleisch aufgerissen.
Soweit ich feststellen konnte war der Knochen unbeschädigt und ich konnte auch meinen Arm, sowie Hände und Finger unter Schmerzen bewegen.
"Wenn er wollte, hätte er mir sicherlich den Knochen brechen können!?"

Ich hatte nur mein T-Shirt an und so nichts zum Verbinden der Wunde.
Ich musste auch warten bis meine Mutter schlief um an ihr vorbeizuschleichen.
Es war schon nach eins, als ich sah dass das Licht in der Küche ausging.
Ich wartete noch eine Stunde.
Es waren Stunden voller Schmerzen, - trotzdem schien sich die Wunde von Stunde zu Stunde zu verändern. Es sah aus als ob sie langsam, im Zeitlupentempo heilte. Sie blutete zwar noch leicht, aber die Wundränder waren nicht mehr entzündet.

Ich schlich mich durch den Garten in den Keller.

Überraschend gut konnte ich in der Dunkelheit sehen.
Wir hatten in der Waschküche ein Waschbecken aus dem allerdings nur kaltes Wasser kam.
Ich löste den Gürtel.
Mit einer kleinen Handbürste und viel Wasser wusch ich die Wunde gründlich aus. Es tat fürchterlich weh und es blutete stark nach. Aber so hoffte ich dass es nicht zu einer Infektion kam.

Bevor ich über die Kellertreppe in den Hausgang trat, vergewisserte ich mich dass keinerlei Geräusche aus dem Haus und dem Schlafzimmer meiner Mutter kamen.

Leise schlich ich mich nach oben und nahm vom Badezimmer aus dem Medizinschränkchen noch Desinfektions- und Verbandsmaterial mit.

Ralf war mal wieder noch nicht da, worüber ich froh war.

Ich desinfizierte die Wunde, sah sie mir nochmals genauer an, -sie sah trotz eintretendem Heilungsprozess noch furchtbar aus, und verband sie säuberlich.

Mein blutiges T-Shirt versteckte ich in meinem Kleiderschrank.

"Wie soll ich das meiner Mutter erklären, wenn sie mich morgenfrüh sah?"

Das durfte sie nicht.

Ich hatte auch schon einen Plan.

Wie in Trance, - oder nach einem guten Joint zogen die restlichen Stunden an mir vorbei.

Es war wie in einem schlechten Traum.

Die Wunde pochte, mir war heiß und schwindlig und meine Gedanken kamen nicht zur Ruhe.

Irgendwann kam leise Ralf ins Zimmer.

Ich stellte mich schlafend.

22 ("All Right Now" - Free)

"Geralt, - aufstehen!"

Ma stand im Türrahmen.

Jeden Morgen das Gleiche.

Ich hatte sie schon gehört als sie von Ihrem Bett aufstand und zog die Bettdecke bis zum Hals hoch.

"Du bist mir nachher noch ne Erklärung schuldig?" sagte sie im Umdrehen, aber ich konnte ihre Erleichterung spüren als sie sah dass ich im Bett lag.

Jetzt musste mein Plan funktionieren.

Langsam stand ich auf und zog mich an. Auf meiner Jeans waren auch ein paar Blutflecke und durch den Verband schimmerte es an manchen Stellen leicht rot.
Selbst mein eigenes Blut roch süß.

Meine rechte Gesichtshälfte fühlte sich irgendwie pelzig an und mir fiel der Schlag von Wolfram wieder ein.
"Möchte nicht wissen wie ich aussehe" dachte ich bei mir und zog mir vorsichtig ein frisches T-Shirt über den Kopf und die Arme.
Dann blieb ich lange auf dem Bett sitzen.

"Geralt, wo bleibst Du, es wird höchste Zeit!"
Sie hatte wie jeden Morgen alles unter Kontrolle.

Ich lief die Treppe runter und ging ins Bad. Mein ganzer Körper schmerzte.
Erschrocken sah ich mich im Spiegel.
Mein Gesicht war käseweiß und nur die rechte Hälfte, von der Schläfe bis zur Backe schimmerte blau und rot.
Wie ein Boxer nach einem Kampf.
Aber warum sollte ich denn auch gut aussehen?

Ich warf mir etwas Wasser ins Gesicht und tupfte es vorsichtig trocken.
Trotz der Schmerzen konnte ich meinen verletzten Arm sehr gut bewegen.
"Geralt!?" vernahm ich wieder von unten.
"Ja, komme schon!" Ich horchte an der Türe bis meine Mutter wieder in der Küche war und hastete leise die Treppe runter. Im Hausgang schlüpfte ich schnell in meine Schuhe, -auch die hatten Blutflecke- und lief zur Haustüre.

"Ciao Ma, -ich bin spät dran. Bis heute Nachmittag!"
Ich stürmte zur Türe raus, sprang unter großen Schmerzen übers Gartentor und bog um die Ecke.

"Puh. Glück gehabt!" dachte ich bei mir und sog die Luft ein.

Es roch nach Regen.

23 ("Won`t get fooled again" - The Who)

Okay, erste Hürde für heute genommen. Jetzt kam Birgit.

Erschrocken setzte sie sich im Bus neben mich.
Sie hatte eine rote Windjacke an und die Haare wieder offen.

Engelsgleich!

"Was ist denn mit dir passiert? Du siehst ja schlimm aus!" Dabei hatte sie nur mein Gesicht gesehen. Dann bemerkte sie auch den Verband an meinem Oberarm.
"Was,…-wo warst du denn noch gestern Abend und was hast du gemacht?" fragend schaute sie mich an und wollte mein Gesicht streichen, doch ich wich schnell zurück.

Auf dem Weg zum Bus hatte ich schon verschiedene Szenarien durchgespielt.

"Wollt ne Abkürzung nehmen weil ja schon zehn durch war und bin an der Haltestelle übern Zaun geklettert. Am Stacheldraht hängengeblieben und gegen eine Zaunlatte geknallt. Tja,…!"

Komisch, wie leicht mir das Lügen fiel!

"Na die Abkürzung hat sich dann ja gelohnt. Da werd ich dich die nächsten Tage wohl etwas pflegen müssen!?"

So schön und verlockend der Gedanke daran auch war, momentan verstärkte es mein Unwohlsein nur.

Im Klassenzimmer sahen mich alle neugierig an, nur Rudi konnte ein breites Grinsen nicht verdrücken und ich bemerkte Genugtuung, aber auch einen arglistigen Ausdruck in seinen Augen.
Fr. Ferrara erkundigte sich mitfühlend nach meinem Wohlbefinden.
Ich ließ mir meine Schmerzen nicht anmerken und versuchte auch mit den Gedanken anwesend zu sein.

Während des ganzen Unterrichtes bewegte ich die Hand und ballte immer wieder die Finger zur Faust. Die Wunde pochte.

"Muss sie mir nachher unbedingt ansehen. Bin gespannt wie sie jetzt aussieht?" sagte ich zu mir.

24 ("Don`t fear the Reaper" - Blue Oyster Cult)

War der Gong zur Pause lauter geworden?, oder bildete ich mir das nur ein?

"Ich geh noch kurz zur Toilette." sagte ich zu Birgit. "Okay, ich warte in der Aula."

Rudi ging durch unsere Reihe, nahm sich den Schwamm von der Ablage und fing an die große, aufklappbare Tafel zu wischen. Er war heute dran mit Tafeldienst.

Ich vergewisserte mich kurz dass sonst niemand im WC war und trat vors Waschbecken.

Langsam und vorsichtig wickelte ich den Verband ab und betrachtete dann die Verletzung im Spiegel. Die zwei großen Risswunden waren jetzt mit einer dicken Kruste getrockneten Blutes überzogen. Die Wundränder wiesen nur noch eine leichte Rötung auf, aber das Fleisch und die Haut drumherum schimmerten bläulich.
Vielleicht hat das Ausbürsten was gebracht und die Entzündung hält sich in Grenzen?
Zufrieden legte ich den Verband wieder auf.

Wird diese Wunde vollkommen verheilen oder wird mir für ewig eine Narbe bleiben?
Zur Erinnerung an diese unheilige Nacht?
Mit diesen Gedanken lief ich an der offenen Klassenzimmertüre vorbei und schaute in die Aula nach unten um Birgit zu entdecken.

In jedem Unterrichtsraum gab es einen Zeigestock aus festem Bambus, mit dem man auf Landkarten oder Projektionen auf etwas hinweisen konnte.

Mit diesem über dem Kopf geschwungen und der Körperhaltung eines Ninja-Kämpfers stürzte Rudi aus der Türe.

Ich konnte mich instinktiv noch etwas zur Seite drehen und so traf sein schwungvoller Schlag nicht meinen Kopf, sondern direkt auf meinen linken Oberarm und mein Schulterblatt.

Mein Schrei hallte durch die gesamte Aula.

Ich spürte wie sich Wärme unter dem Verband ausbreitete und schon lief mir Blut bis zum Ellbogen. Der süße Geruch erfüllte meine Nase und trotz der Schmerzen fühlte ich eine noch nie dagewesene Wildheit und Gier.

Rudi holte weit zum zweiten Schlag aus und ich sprang ihm vehement entgegen. Mit der rechten Hand griff ich ihm in den Schritt und die Wucht des Aufpralls drückte ihn gegen das Geländer.
Der Stock glitt ihm aus der Hand und fiel polternd von der Empore auf den Aulaboden.
Birgit stand mit offenem Mund da und beobachtete.
Auch ein paar andere Schüler blickten verängstigt aber neugierig zu uns hoch.

Mein Griff war eisern und ich quetschte seine Hoden dass ihm die Augäpfel aus den Höhlen zu kullern drohten.
Er wollte schreien, aber er brachte nicht mehr als ein zischendes Pfeifen heraus und seine Energie und Kraft strömten aus ihm wie aus einem Luftballon.
Ich hörte erstaunt wie meine Kiefer schnappten, aber ich hatte mich noch unter Kontrolle.
Mein Griff blieb unerbittlich.
Ob er mit seinen geschwollenen Augen noch was sehen konnte wusste ich nicht, aber er konnte mich gewiss noch hören.
Eindringlich und langsam flüsterte ich in sein Ohr:

"Du wirst die nächsten Tage bei jedem Schritt an mich denken, und auch deine engen Unterhöschen werden dir höllische Schmerzen bereiten! Halte Dich von mir und auch von Birgit fern oder ich werde dich zerfetzen!"

Damit ließ ich ihn los und er sackte jaulend in sich zusammen.
Ich drehte mich um und rannte zur Treppe. Unten stand immer noch Birgit und schaute mich ungläubig an.

"Komm, -schnell!" ich packte ihre Hand und sie lief wortlos hinter mir her.

Schüler kamen uns aus dem Pausenhof entgegen und wichen erschrocken zurück.
Der Gong war ertönt.

"Halt,Halt, -wohin so schnell? Falsche Richtung!"
Fr. Schuster wollte sich uns in den Weg stellen.

"Medizinischer Notfall" schrie ich im vorbeilaufen und hielt meinen blutenden Arm hoch.

25 ("Purple Rain" - Prince)

Wir liefen zur Bushaltestelle.

Außer uns wartete noch niemand.

"Was war denn das?" fragte Birgit außer Atem?
Doch mit einem Blick auf meinen Arm hatte sie die Frage schnell vergessen.

"Geralt!!!"
Mein Arm war inzwischen bis zum Ellbogen blutverschmiert.
Rudi hatte ungewollt ganze Arbeit geleistet. Der Verband war getränkt in Blut.

Sie zog ihre Windjacke aus und gab sie mir. Ich zog sie über. Die Ärmel gingen mir gerade so über die Ellbogen und ich musste die Schultern einziehen, dass die Nähte nicht aufplatzten.
Ein Anflug von Lächeln.
"Der Bus." sie nahm mich an der Hand und wir stiegen ein.

"Fahrkarte?"
-doch diesmal war es Johann. Der grinste dabei.
"Sorry," -sagte ich, "falsche Jacke!"
Er musterte mich kurz.
"Muss ein höllischer Kampf darum gewesen sein?"
Das galt meinem Gesicht.
"Aber, hat sich gelohnt. Stylischer Look! Kann nicht jeder tragen!"
meinte er verschmitzt.
Mit einem schmerverzerrten Daumenhoch drückte ich mich vorbei und wir ließen uns in die hintere Reihe fallen.

In der Zwischenzeit hatte es zu regnen begonnen und durch die nassen Scheiben sah alles draußen verschwommen und unwirklich aus.

"Ich glaub ich muss dir was erzählen." sagte ich unwohl zu Birgit ohne sie dabei anzusehen.
"Das glaube ich auch!"
"Aber nicht hier."
Außer uns saßen noch ein paar andere Fahrgäste im Bus.
"Nach Hause kann ich so nicht!?"
"Komm mit zu mir, meine Mutter ist heute Vormittag beim Friseur und kommt sicher vor eins nicht heim!"

Wir stiegen gemeinsam an ihrer Haltestelle aus und ich sah noch den sorgenvollen Blick von Johann im Rückspiegel.

Meine Schmerzen waren wieder schlimmer geworden und ich hielt mein Gesicht nach oben in den Regen.

Das konnte doch alles nicht wahr sein.
Irgendwann muss ich doch wieder aufwachen.
Ich hatte Freude gespürt als ich Rudi wehtat.
Und, -was hatte ich zu ihm gesagt?

"Ich werde Dich zerfetzen???"
Nein, das bin doch nicht ich!!!!

"Geht`s" fragte mich Birgit, die sich rechts von mir eingehakt hatte.
Der Regen hatte ihr T-Shirt durchnässt und sie trug keinen BH.

Sie war einfach wunderschön.

26 ("Carry on my wayward Son" - Kansas)

Wir gingen auf Ihr Zimmer und sie half mir aus der Jacke.

Sie nahm mich in den Arm, drückte mir einen schnellen Kuss auf die
Lippen und setzte mich dann bestimmend auf ihren Schreibtischstuhl.

Vorsichtig zog sie mir das blutige T-Shirt über den Kopf. Trotz
Schmerzen ließ ich es zu und schniefte durch die Nase. Sie wickelte
den Verband ab.

"Nein, vom Stacheldraht kommt so was nicht! Das kannst Du mir nicht
vormachen!"
Die Wunde sah wieder schrecklich aus. Die großen Risse waren
aufgeplatzt und man sah jetzt bis zum Knochen.
"Gut" ist was Anderes!

"Komm mit ins Bad." Ich ging hinter ihr her.

Sie holte einen frischen Waschlappen, ließ warmes Wasser ins
Waschbecken und reinigte die Verletzung und meinen Arm.
Ihre Blicke bewunderten meinen vor Schmerz gespannten Oberkörper.
Die Blutung hatte schon wieder aufgehört und mit einem kleinen
Holzspachtel strich sie eine Salbe in die Wunden.

"Das wird dir gut tun, -altes Hausmittel von meiner Oma!"
Unvermittelt zog ich den Arm zurück.
"Opa!??"

"Was?"
"Nichts", ich hielt den Arm wieder hin.

Nachdem sie mir den Arm verbunden hatte gingen wir zurück in ihr Zimmer.
Sie ließ mich für einen Moment allein und kam dann mit einem bunten Hawaihemd zurück.

"Von meinem Vater. Müsste Dir passen!?"
Das tat es auch.

Sie setzte sich auf die Bettkante und wollte dass ich mich neben sie setzte. Doch ich zog den Bürostuhl vor, ihr direkt gegenüber.

Fragend sah sie mir in die Augen.
"Na dann, lass hören?"

"Okay!", ich musste mich räuspern und sammeln und wusste nicht wo ich anfangen sollte?

"Also, ich mag dich sehr und möchte dir die Wahrheit sagen! - Aber, alles was ich dir jetzt sage wird für Dich unglaubhaft klingen. Ich darf auch nicht mehr in Deine Nähe kommen.
Du wirst es nicht verstehen und mich dann auch nicht mehr mögen!!!"

Das war wohl das bisher Blödste was ich bis jetzt zu ihr gesagt hatte.

"Erzähls mir!"

Ich sah den Trotz in ihren Augen.

27 ("The Wall" - Kansas)

Auch ich holte weit aus, erzählte ihr von meinen körperlichen Veränderungen seit meinem 13.ten Lebensjahr.

Dann was mir meine Mutter über Blutlinien, Wolfsblut und Wolfsmenschen berichtet hat. Ich ließ nichts aus.

Sie ergriff meine Hand als ich von meinem Opa erzählte, und bei der Bürde meines Vaters weinten auch wir Beide!

Mitgefühl, Traurigkeit.

Doch niemals sah ich Ungläubigkeit in Ihrem Blick!
Ich wurde das Gefühl nicht los, dass sie das alles wusste???

Dann erwähnte ich Wolfgang.

"Er hat mich gebissen! Er hat mir diese schreckliche Wunde zugefügt. Ich kann es immer noch nicht glauben, aber er ist der Alphawolf und meine Mutter wusste es!!"
Aufgewühlt stand ich auf.

Sie zitterte jetzt und schaute zu Boden.
"Ich weiß es auch!".

Was hatte sie gesagt?

Fragend sah ich sie an. Hab ich mich grad verhört?
In ihren Augen sah ich einen unerklärlichen Ausdruck.

"Ich weiß es auch!", sie wiederholte ihre Worte und wollte meine Hand nehmen, doch ich zog sie zurück.

"Waaas?"
Jetzt wollte ich von ihr was hören!?

"Rudi wollte schon lange zur WolvesGang gehören, doch Wolfgang traute ihm nicht. Er stellte ihn zur Probe."

"Ach ja, -und die Probe war ich? Und du wusstest es die ganze Zeit und hast es zugelassen??? Du hast zugelassen was er mit mir, aber auch mit Dir getan hat?"

Ungläubigkeit. Enttäuschung! Klarheit!!!

"Rudi hat alles getan was Wolfgang ihm aufgetragen hat! Geralt, es tut mir so leid!
Ich musste diese Wand um mich aufbauen!"

"Aber, - aber, Du selbst hast mich ja auch immer und immer wieder rausgefordert!?"

Wut stieg wieder in mir hoch und meine Wunde begann zu pochen.

"Ja, das habe ich. Aber nur solange bis ich mich in dich verliebt habe!, - Geralt!
Ich, es tut mir sooo leid!..ich,...wusste nicht dass Wolfgang so weit gehen würde!?.!"

Fordernd, betreten, schuldig sah sie mir in die Augen.

Nein, -ich fühlte mich verraten.

Hintergangen.

Zählen ehrliche Gefühle gar nichts mehr???

-Auch wenn ich sie belogen hatte, aber meine Gefühle waren echt!

Ich wollte und konnte das nicht glauben!

Lass mich doch endlich aus diesem schrecklichen Traum aufwachen!?

28 ("This world is not for me" - Sylvan)

Ich ließ sie stehen, drehte mich um und rannte aus ihrem Zimmer.
Die Treppe runter und aus der Haustür in den Vorgarten, wo mir ihre Mutter mit einem Regenschirm überm Kopf entgegenkam.
"Hallo Geralt!" Schnell hastete ich an ihr vorbei und lief auf die Straße.

"Schickes Hemd", hörte ich sie noch und auch Birgit rief mir hinterher.

Es war noch früh am Nachmittag und ich konnte und wollte auch nicht nach Hause.

Ich lief zum Waldsee und setzte mich auf das nasse Kies.
Das Wasser zog kreisrunde Wellen als ich einen Stein hineinwarf.
Viel größer als die kleinen Kreise der Regentropfen.

Karusell, Achterbahn, Tunnel.

Das waren wohl die richtigen Begriffe für das was in meinem Kopf vorging.

Schmerz, das war der einzige für meinen Körper.

Die kreisrunden Wellenbewegungen beruhigten mich.
Immer wieder warf ich einen Stein ins Wasser.
Meine Gedanken wurden klarer.

Ich werde mich zum nächsten Vollmond verwandeln!

Diese Tatsache hämmerte in meinem Kopf wie das Pochen des Blutes in meiner Wunde.
Ich werde zur reißenden, vielleicht mordenden Bestie.

Birgit!!!

Was kann ich tun? Wie kann ich es aufhalten?
Und immer wieder sah ich seine Fratze vor mir.

Wolfgang!

Entschlossen stand ich auf.
Es durfte nicht so weit kommen.
Nein!!!
Diese Welt ist nicht mehr für mich!

Ich hatte meinen Entschluss gefasst!

29 ("Losing it" - Rush)

Diesmal öffnete ich das Gartentor, das quietschend aufschwang und ging durch den Vorgarten zur Haustür.

Meine Mutter hörte mich und kam mir im Flur entgegen.

"Um Himmelswillen Geralt! Was ist mit Dir passiert?"

Ich ging entschlossen die Treppe hoch und sie hinter mir her.
Doch ich ging nicht auf mein Zimmer.

Ich öffnete die Türe zur einzigen Tabuzone und betrat das Schlafzimmer meiner Eltern.

"Geralt?,…"
…meine Mutter kam hinter mir her und ich schubste sie rüde aufs Bett.
Dann riss ich die Schranktüren auf und durchwühlte mit den Händen die Wäsche auf den Ablageböden.

Ich nahm die große, schwere Schachtel aus dem Schrank, legte sie auf die Spiegelkommode, nahm den Deckel ab und holte die schwarze Waffe heraus.

Schwer, unheilbringend, mächtig lag sie wieder in meinen Händen.

"Geralt?????"
Sie schrie mit zitternder Stimme.

Denn jetzt traf sie die Erkenntnis!

Ich reagierte nicht auf sie, nahm das Magazin und die silbernen Patronen an mich und rannte aus dem Zimmer die Treppen runter.

Meine Mutter rappelte sich aus dem Bett und eilte hinter mir her.

Birgit stand im Flur als ihre Mutter zur Türe reinkam.

"Was ist denn mit Geralt, und war das ein Hemd von Vater das er anhatte?
Was habt ihr denn getrieben?"

Birgit wollte jetzt nicht mit ihr reden und ging ins Bad und schloß die Tür hinter sich ab. Sie setzte sich vors Waschbecken und sah in den Spiegel.

Nein, sie konnte sich nicht selber in die Augen sehen. Sie hatte einen Fehler gemacht.

Lange Zeit saß sie einfach nur da.

Warum hab ichs ihm nicht gleich gesagt? Ich habe ihn ausgeliefert. Ich habs gewusst und konnte es nicht aufhalten.
Ich war mir aber auch nicht sicher!
Und, -ja, ich habe mich in ihn verliebt, - und damit haben die Komplikationen angefangen.

Sie weinte, - sie sah ihren Tränen nach, denn immer wieder tropfte eine ins Waschbecken.

Im Waschbecken lag noch der blutige Waschlappen.

Er würde sich verwandeln. Sie dachte an seine Worte, seine Augen.

Er würde und wollte das aber nicht zulassen.

Es hämmerte ihr ins Gehirn.

Er würde es nicht zulassen dass er zur reißenden Bestie wurde.
Sie war sich dessen sicher.

Und es traf sie wie ein Schlag.

31 ("Numb" - Linkin Park)

Sie schloss die Badezimmertür auf, und schon auf der Treppe rief sie laut.

"Mutter, haben wir ein Telefonbuch,... und wo ist es?"

Ihre Mutter kam aus dem Wohnzimmer.

"Wozu brauchst du ein Telefonbuch? Und was ist denn los?"

"Schnell!"
"Ja, ist ja gut, in der obersten Schublade unterm Telefon."

Das Telefon stand auf einem kleinen Schränkchen im Hausflur.

Birgit holte das Telefonbuch heraus und blätterte hastig die Seiten durch.

Ihr Finger flog über die Zeilen.
Dann stoppte er.

Schnell nahm sie den Hörer von der Gabel und wählte die Nummer.

Lauschend hob sie die Muschel ans Ohr.

Es tutete.

32 ("Scratching the Surface" - Saga)

Auf halbem Wege nach unten klingelte das Telefon.

Meine Mutter reckte den Kopf, hastete die letzten Stufen hinunter und nahm schnell den Hörer ab.

"Ja?"

"Hallo, hier ist Birgit. Ich bin die Freundin von Geralt, ist er da?"
"Nein, er ist grad weg und ich hab jetzt auch keine Zeit!" Sie wollte grad auflegen.

"Geralt hat mir alles erzählt und ich glaube es wird was Schlimmes passieren!"

"Oh ja, das passiert schon. Wenn Du helfen willst, dann komm schnell ins Altersheim."

Sie legte auf, holte den Autoschlüssel und hetzte zum Auto.

Er hatte ihr nie erzählt dass er eine Freundin hatte.

Das machte es jetzt nicht einfacher.

33 ("Hymn" - Barclay James Harvest)

Ich rannte zwischen den Hochhäusern durch.

Während des Laufens steckte ich die fünf silbernen Patronen ins Magazin.
Auf einmal spürte ich keine Schmerzen mehr.
Meine Gedanken waren klar und fokussiert.

Die Häuser lagen hinter mir und ich konnte jetzt die Abkürzung quer übers Feld laufen. Ich konnte das Altersheim schon sehen.

Mit einem metallischen Klacken rastete das Magazin in der Waffe ein.
Jetzt war sie noch ein bisschen schwerer in meiner Hand.

Als ich am Heim ankam steckte ich die Waffe hinten in meinen Hosenbund und zog das Hemd darüber.

Es war viertel vor fünf und Schwester Ingeborg sortierte gerade das Abendessen auf die verschiedenen Wägen der Stationen.

"Hallo Geralt, du warst ja lange nicht mehr da?" begrüsste sie mich.
"Ja, hatte einen Unfall." Somit erklärte sich auch mein Aussehen, hoffte ich.
"Da hat deine Mutter ja gar nichts erzählt!" und sie wollte fortfahren.
"Ist er oben?" fiel ich ihr ins Wort.
"Wie immer" sagte sie.
Und zum Glück hatte sie noch eine Weile zu tun, so wie es aussah.

Die Treppe hoch, dann nach links den Gang runter.
Ich zog die Waffe aus der Hose, entsicherte sie und lud sie durch.

Zimmer 2403.
Langsam und leise trat ich ein.

Ich hatte mich noch nie so stark und entschlossen gefühlt wie jetzt und trotzdem zitterte ich.
"Pa?" -er saß in seinem Rollstuhl vorm Fenster.

Ich ging langsam zu ihm.
Keine Reaktion.
Ich drehte den Rollstuhl zu mir und sah ihn an.

Seine Augen waren geöffnet, aber es fehlte ihnen jeglicher Glanz.
Ob er mich wohl sehen konnte?
Oder ob er überhaupt noch was wahrnahm?

"Wer bist Du?" ganz leise vernahm ich diese Worte.

"Geralt, Pa, …ich bin Geralt, dein Sohn."

"Kuchen?"
"Gleich gibt's Kuchen."

"Pa, -du musst mir helfen!!!"
Ich wusste jetzt aber dass er mir nicht mehr helfen konnte.

Verzweiflung kam in mir hoch.
Lass es nicht zu.
Bring es zu Ende.

Ich kniete mich vor ihn, legte ihm die Waffe in seinen Schoß und nahm seine Hände.
Seine Augen blickten zwar zu mir, aber er sah mich nicht.

Keine Reaktion, keine Gegenwehr, nichts. Ich nahm seine Hände in meine und versuchte somit die Waffe zu greifen und auf mich zu richten.

"Neeeiiin!",
schrie es von der Türe als meine Mutter hereinkam.

"Nein Geralt, das darfst Du nicht!"

"Doch Mutter!" wieder nannte ich sie Mutter.
"Ich muss!"

Entschlossenheit!

"Und du musst mir jetzt helfen.
Ich will nicht so werden wie Opa oder Wolfgang.
Ich liebe Euch doch Alle!"

"Ma!!!? Bitte?? Hilf mir!!!"

34 ("Silent Talking" - Yes)

Sie sah die endgültige Entschlossenheit und pure Verzweiflung in meinen Augen.

Mit zitternden Beinen trat sie hinter meinen Vater, umfasste seine kraftlosen Hände mit ihren kleinen, und führte zitternd mithilfe meiner die Waffe nach oben.

Den Lauf auf meinen Kopf gerichtet sagte ich zu ihr:.

"Sein Finger!".

"Sein Finger muß auf den Abzug!" mit klarer Stimme und bittend sprach ich die Worte.

"Ich, ..ich kann das nicht."

"Doch du kannst es und Du wirst es mir zuliebe tun!"

Stille.

Mit ihrem Zeigefinger schob sie noch mehr zitternd einen seiner Finger auf den Abzug.
Man konnte mit ihm machen was man wollte, er
reagierte nicht mehr.
Ich beugte mich nach vorne, bis der Lauf meinen Kopf berührte und schaute meine Mutter verzweifelt und durchdringend an.

"Bitte!" flehte ich.

Sie erwiderte meinen Blick und jetzt erkannten wir beide endlose Liebe in unseren Augen!

Sie drückte auf seinen Finger und zog den Abzug durch.

- II - : ...the beast in me

35 ("In Trance" - Scorpions)

Im letzten Moment riss sie die Waffe nach oben.

Es gab einen ohrenbetäubenden Knall und das Projektil schrammte sengend über meine Stirn und bohrte sich dann hoch in die Zimmerdecke.

Durch den starken Rückschlag konnte meine Mutter, die ja außerdem meinen Vater stützen musste, die Waffe nicht mehr halten und sie fiel polternd zu Boden.

Die Tür sprang auf.
Schwester Ingeborg und Birgit stürmten schreiend ins Zimmer.

Meinem Geist und Körper war das jetzt alles zuviel und ich wurde bewusstlos.

Ich wusste nicht wie lange ich weggetreten war, aber als ich wieder zu mir kam lag mein Kopf in Birgits Schoß und sie wischte mir immer wieder mit einem kühlen Lappen über die Stirn.

"Hey!" war das einzige was ich momentan sagen konnte.
"Auch Hey!" entgegnete sie mit einem freudigen Lächeln auf den Lippen.

"Schön dass Du wieder unter uns bist!" sagte jetzt meine Mutter, die neben Birgit kniete.

Ich blickte mich noch etwas benommen um.

Mein Vater saß auf seinem Rollstuhl am Tisch und es sah aus als ob er endlich Kuchen zu essen bekommen hatte.

Vom Flur drangen aufgeregte Gesprächsfetzen zu mir durch.
Schwester Ingeborg erklärte anscheinend einigen neugierigen
Mitpatienten, dass nichts passiert sei was für sie interessant sein
könnte.

Diese waren natürlich durch den lauten Knall und die Schreie
aufmerksam geworden.

Ich wollte etwas sagen, doch meine Mutter fiel mir energisch ins Wort.

"Geralt!
-Du, du spinnst doch! Du, du…?!!!"

So aufgebracht hatte ich sie noch nie erlebt. Und sie war noch nicht
fertig.

"Bitte verlange sowas nie mehr wieder von mir.
Ich könnte Dir jetzt sagen, dass es mir leid tut dass ich es nicht getan
habe.

Aber das tut es nicht! Ganz im Gegenteil!
Fast hättest Du es geschafft einen Teil von meinem Fleisch und Blut mit
meinen Händen aus dem Leben zu löschen!!!

Nie mehr darfst Du so etwas von mir verlangen. Nie mehr!

Ich liebe Dich doch und das wird immer so bleiben!!!"

Tränen liefen über ihre Wangen, ihre Stimme war sehr leise geworden
und sie zitterte.

"Aber was wird jetzt und…?"

Weiter kam ich nicht, denn sie rutschte an meine Seite und nahm mich
und Birgit fest in den Arm.

"Wir werden gemeinsam einen Weg finden!"

Schwester Ingeborg trat wieder ins Zimmer.

"So," sagte sie sichtlich geschafft.
"Essen ist ausgeteilt, -alle sind beruhigt, -aber jetzt brauche ich eine Erklärung!?"

Sie deutete auf mich und die Zimmerdecke und das ca. 2cm große Loch darin.

"Inge."
Ma stand auf und ging zu ihr.
"Tut uns sehr leid, -der ganze Aufruhr und das alles."

Besänftigend legte sie ihr den Arm auf die Schulter.

In der Zeit seit mein Vater ins Heim gekommen ist und Mutter ihn regelmäßig besuchte sind aus den beiden Freundinnen geworden und so duzten sie sich.

"Mein Mann wollte unbedingt seine Waffe noch einmal sehen und in den Händen halten.
Geralt und ich waren auch der Meinung dass es ihn vielleicht etwas aus seiner Lethargie holen könnte!?
Doch die Pistole war zu schwer für ihn und er ließ sie fallen.
Dabei löste sich ungewollt der Schuss!
Ich habe doch nicht gewusst dass sie geladen war und stell Dir mal vor die Kugel hätte Geralt richtig getroffen und nicht nur gestreift?!!!"

Sie schlug die Hände vor dem Mund zusammen und jetzt klang ihre Stimme verzweifelt.

"Ich hätte mir für immer Vorwürfe gemacht!"

Jetzt legte Schwester Ingeborg meiner Mutter eine Hand auf die Schulter.
"Gott sei Dank, Sonja, ist es ja nochmal glimpflich ausgegangen!

Oder ist es sehr schlimm, Gerald?
Sie drehte sich zu mir um.
„Brauchst du einen Arzt?"

"Nein, glaub nicht."

"Ist eine Risswunde an der Stirn! Das wird schon wieder!" meldete sich schnell Birgit.

Sie traten jetzt beide zu mir und halfen mir gemeinsam auf die Beine.

Ich stützte mich am Tisch ab und sah zu meinem Vater.

Er schob genüsslich, aber sehr hastig einen Bissen nach dem Anderen vom Käsekuchen in den Mund.

Ansonsten war keinerlei Ausdruck an ihm zu erkennen.

Ich konnte mich auch nicht daran erinnern irgendetwas an ihm bemerkt zu haben, als der Schuss sich löste.

Er war wie immer in seiner eigenen Welt!

37 ("That`s why it hurts" - Sylvan)

Zwischenzeitlich war es Abend geworden und Inge meinte zu meiner Mutter wir sollten gehen bevor die Nachtschwester ihre Schicht begann.

"Sonja, komm doch bitte die nächsten Tage und lass uns nochmal in Ruhe darüber reden."
Sie drückte meine Mutter kurz und wandte sich dann zu mir.

"Gute Besserung für Dich, Gerald.
Auch Du kannst wenn`s Dir besser geht gern mal wieder reinschauen!
Pass auf Ihn auf!"

-damit meinte sie jetzt Birgit, die neben mir stand und mich noch etwas stützte.

"Ich werd`s versuchen, -doch er muss es zulassen!"
Es sprach ein klein wenig Schuldbewusstsein aus ihr.

Meine Mutter verabschiedete sich noch mit einem Kuss auf die Wange von meinem Vater.

"Tut mir leid für Alles!" sagte sie zu Inge und sie hatte wieder Tränen in den Augen.

Draußen zündete sie sich eine Zigarette an und schnaufte erst einmal so richtig durch.
Ich hatte sie schon lange nicht mehr Rauchen gesehen.

"Komm mit, -Ich fahr dich nach Hause." sagte sie bestimmend zu Birgit.

Mir war überhaupt nicht wohl. Sowohl von meinen Schmerzen als auch von meinen Gedanken.

Ich wollte und sollte tot sein. Ich hatte wirklich gedanklich damit abgeschlossen!
Und nun???

Bewusst setzte ich mich auf den Beifahrersitz und ließ Birgit hinten einsteigen.

Während der kurzen Fahrt zu ihrem Haus redeten wir kein Wort.

"Vielen Dank fürs Heimfahren. -Und, es tut mir wirklich sehr leid. Ich hab das alles nicht gewollt!"

Birgit stieg auf der Beifahrerseite aus und öffnete meine Türe. Sie beugte sich zu mir und drückte mich leicht.
Dann warf sie die Türe zu und lief die Treppen zum Haus hoch.

Als sie den Gang einlegte blickte mich meine Mutter kurz an.

"Sei nicht so hart zu Ihr! Sie mag Dich wirklich sehr! Ich kann es spüren!
Wir müssen ganz schnell alle miteinander reden!
Und auch Ralf sollte dabei sein!"

"Hhm!" mehr konnte ich dazu momentan nicht sagen.

Ich konnte immer noch keine klaren Gedanken fassen und wollte es momentan auch nicht.

38 ("Say is it really true" - Eloy)

Mit frischer Wäsche unterm Arm ging ich ins Badezimmer.

"Geralt?" rief es von der Küche.

"Hhm!" Kurz und knapp.

"Wenn Du fertig bist dann komm in die Küche. Ich mach uns was zu Essen. Ich denk das tut uns beiden jetzt gut?"

Ja, damit hatte sie recht. Es war schon ein Weilchen her, seitdem ich das letzte mal so richtig gegessen hatte.

Ich ließ mir Zeit in der Dusche und das warme Wasser und das wohlige Gefühl holten mich so langsam wieder in die Realität zurück.

Mit einer Jogginghose und einem frischen T-Shirt bekleidet trat ich aus dem Badezimmer und konnte es schon riechen.

Es gab mal wieder Pfannkuchen mit Speck.
Ma hatte trotz allem was ihr in den letzten Stunden widerfahren war noch immer so viel Kraft, Zuversicht und ein riesengroßes Herz!
Und sie wusste genau was einem gut tat!

Ja, sie hatte Recht!

Was habe ich von ihr verlangt!?

Wir saßen schweigend am Tisch, aber sie beobachtete jede meiner Bewegungen.

"Na, da hat aber jemand richtig Hunger!?"

Ich stand auf, ging zu ihr und legte meine Arme um sie.

"Ma, - es tut mir sehr leid!
-Aber versteh mich bitte auch. Ich weiß immer noch nicht wie und was alles mit mir passiert.
Und in der Zwischenzeit stehe ich ja nicht alleine!?
Du!, -Birgit?
-Wer weiß wer noch alles mit reingezogen wird?"

"Geralt.
Ich verstehe dich und weiß dass es für dich sehr schwer zu begreifen und auch zu akzeptieren ist.
Aber lass uns damit anfangen nach vorne zu schauen, - und nicht wieder Dummheiten machen!"

Mit diesen Worten dippte sie ein bisschen Marmelade auf ihren Finger und strich mir über die Nase.

"Wenn ich jetzt ein Wolf wäre, könnte ich es mir mit der Zunge von der Nase lecken!?"

Patsch! -Da hatte ich mal wieder eine Ohrfeige.
Verdientermaßen!

"Schluss damit.
Setz dich bitte auf den Stuhl."

Sie räumte schnell den Tisch ab und kam mit einem gefüllten Tablett zurück.

Diverse Salben, Watte, Mullbinden, Pflaster, Schere, Pinzette,...lagen darauf.

In einem Arztzimmer gab es wahrscheinlich auch nicht mehr!?

"Dann wollen wir mal!"
sagte sie und legte mir meinen Kopf zurück.

Mit einer Spachtel strich sie mir etwas Salbe auf die Stirn und klebte
danach ein Stück Mull mit einem Heftpflaster fest.

"Tut`s noch weh?"

"Die Wunde selber brennt, aber richtig weh tut sie nicht. Mein Kopf
brummt und wenn ich mich bewege wird mir noch etwas schwindlig.
Ansonsten ist zur Zeit ja Schmerz mein zweiter Vorname!"

"Zieh bitte dein T-Shirt aus!"

Widerwillig zog ich es mir über den Kopf.

"Oh mein Gott!" Sie schüttelte den Kopf.

Die Bisswunden an meinem Oberarm waren mit einer dicken
schorfigen Kruste überzogen und die Wundränder schimmerten rosa.

Aber meine ganze Schulter bis hin zum Hals leuchtete in einem
fröhlichen Farbenspiel. Das Schultereck war dick geschwollen.
Hier hatte mich der Hieb von Rudi mit voller Wucht getroffen.

Auch mein Wangenknochen wies noch eine Verfärbung auf und war
etwas dicker als der andere.

"Weißt Du, -eigentlich bist Du ja ein hübscher Kerl.
Aber momentan muss ich mich schon fragen was Birgit an Dir findet?
Hast du dich im Spiegel angeschaut?"

"Tja!?"
Birgit!

Was sollte ich jetzt antworten? Sie hatte mich ausgeliefert!

"Du rufst Birgit nachher an und sagst ihr dass sie morgen Nachmittag vorbeikommen soll!
Wir müssen unbedingt alle miteinander reden.
Und morgenfrüh gehe ich mit Dir zum Arzt!"

Wenn meine Mutter so bestimmend war, dann gab es kein Widerrede.
Nachdem sie mich notdürftig verarztet hatte stand ich auf und ging auf den Flur zum Telefon.

Oh ja. Jede Bewegung tat mir weh.

Es tutete keine dreimal.

"Ja?"

"Hi, ich bins Geralt."

"Ich weiß! Ich hab gehofft und gewusst dass Du anrufst!"
Kurze Stille.
"Wie geht`s Dir denn?"
-Am Klang ihrer Stimme konnte ich hören dass sie es ernst meinte.

"Hhm, geht so!
- Meine Mutter möchte dass du morgen Nachmittag vorbeikommst?"

"Und Du? - Möchtest Du es auch?"

Es klang wie ein Vorwurf, und es sollte auch einer sein!
"Ja," ich machte absichtlich eine kurze Pause.
"Ja, - ich möchte es auch. Und, ich komme morgen nicht zur Schule,
-meine Mutter will mit mir am Vormittag gleich zum Arzt gehen!?"

"Geralt! Ja, bitte mach das!
Verstehst du denn immer noch nicht dass wir es doch nur gut mit dir meinen!?!"

Ich schluckte und atmete tief.

"Und hör mir jetzt bitte gut zu!

Ich werde mich jetzt noch ein letztes mal bei Dir
entschuldigen. Ich habe das nicht gewollt!!!
Ich muss mir für meine Eltern auch noch eine Erklärung einfallen
lassen?
Und wir zwei sollten auch noch mal reden!?"

Ich konnte durch den Hörer spüren wie sie innerlich aufbrauste, -doch
dann beruhigte sich ihre Stimme wieder und sie flüsterte:

"Aber, -egal wann, -egal wo, -egal weshalb, -und egal was in Zukunft
mit dir passiert:
- ich werde immer für dich da sein!!!!"

Mir zog es den Boden unter den Füßen weg. So etwas hatte noch nie
ein Mädchen zu mir gesagt.
Ich redete ja sonst eh nicht viel, aber jetzt fehlten mir die Worte.

"Geralt? Bist du noch dran?"

"Ja."

"Wann soll ich morgen da sein?"

"Halbvier!"

"Okay! Bis dann!"
Sie legte auf.
Was für ein toughes Mädchen.
Hab ich sie überhaupt verdient?

Mit einem verschmitzten Lächeln stand meine Mutter im Türrahmen.
"Und?"

"Halbvier!"

"Okay, - und jetzt ab mit Dir ins Bett!"
Das war ein Befehl.

39 („Black Dog" - Led Zeppelin)

"Herrje, -unter welches Auto bist Du denn gekommen?"

Vorsichtig tastete Dr. Koppld meine Schulter und den Wangenknochen ab.

"Aber, ihr könnt mir erzählen was ihr wollt!
Diese Wunde an deinem Oberarm kommt nicht von einem Unfall.
Da hat dich irgendwas gebissen.
Und das muss ein ziemlich großes Tier gewesen sein!?"

"Ja, ein großer schwarzer Wolf mit leuchtend gelben Augen."

Ich konnte mir den Sarkasmus einfach nicht mehr verkneifen und Ma funkelte mich an.

"Glaubt mir, ich kenne mich da ein bisschen aus.
Damit ist nicht zu spaßen! Habe selber zwei große Schäferhunde und wurde schon öfters zu Notfalleinsätzen mit Hundebissen gerufen.
Das ist definitiv eine Bisswunde!
Und sei froh wenn sie nicht entzündet ist!?"
Irgendwie sprach jetzt Misstrauen aus seiner Stimmlage.

An meine Mutter gewandt fragte er:
"Wann ist das passiert?"

"Dienstagnacht", antwortete ich.

"Ich werde dir jetzt Blut abnehmen und ins Labor schicken.
Die Werte werden schnell da sein. Außerdem lasse ich eine Probe von der Bisswunde untersuchen.
Ich melde mich bei euch sobald ich das Ergebnis habe.

Und du kannst jetzt wohl etwas Ruhe gebrauchen!"

Mit diesen Worten stand er auf und verabschiedete sich von mir und meiner Mutter.

Die nächsten Patienten warteten schon auf ihn.

Aber irgendetwas an seinem Verhalten war merkwürdig!?

40 ("Summer Madness" - Landmarq)

Zuhause angekommen ging ich aufs Zimmer und legte mich aufs Bett.

Mein Blck blieb fiel auf meinen Kalender, den ich mit Reißnägeln an der Wand befestigt hatte.

Wichtige Termine hatte ich mit mir Kugelschreiber eingetragen und mit gelbem Neon-Edding hervorgehoben.

Kommenden Samstag war Sommerfest im Jugendhaus mit Live-Concert von "SubwayQ".
-Local Heroes aus Senden und Umgebung.

Dienstag war Schulabschlussfest in Vöhringen und am Donnerstag begann die traditionelle Heimatwoche in Senden!
Die dauerte zwar nur von Donnerstag bis Sonntag, wurde aber trotzdem als "Woche" betitelt.

Mein Blick ging weiter.

Ja, -und dann hatte ich ja noch Geburtstag.

Und dieser Tag fiel genau in den Vollmond!?

Herzlichen Glückwunsch!

Unruhig döste ich vor mich hin.

41 ("The Mission" - Rush)

Es läutete an der Türe.

"Geralt, -komm runter. Birgit ist da!"

Langsam stand ich auf und streckte mich. Ich fühlte mich schon etwas besser.

Während ich die Treppen runterging konnte ich hören wie Mutter Birgit von unserem Arztbesuch erzählte.

"Hey! Wie war´s in der Schule?"
Blödere Begrüßung hätte ich mir nicht einfallen lassen können.

"Du warst nicht da! -Wie soll`s dann da sein?"

Die Antwort hatte gesessen!

Sie nahm mich in den Arm und drückte mich.

"Fr. Ferrara hat nach dir gefragt und auch Fr. Schuster. Die waren nach unserem Abgang wohl noch etwas geschockt!?"

Ja stimmt. Da hatten wir ja nen "Auftritt"!?
Ein Schlüssel wurde ins Schloss gesteckt und kurz darauf kam Ralf in die Küche.

"Hi. Was gibt`s denn Wichtiges?
Heike hat mir gesagt dass ich unbedingt vorbeikommen soll.
Ist was mit Pa?"

"Nein. Was Anderes!" antwortete meine Mutter.
„Setzt euch erstmal und nehmt euch Kaffee und Kuchen."

Das musste man Ralf und mir nicht zweimal sagen.
Mutters Apfelkuchen war legendär!

Wir saßen alle auf der Eckbank um den Tisch und hörten aufmerksam meiner Mutter zu.
Da Ralf bisher noch nichts mitbekommen hatte holte sie auch diesmal wieder weit aus. Und sie ließ auch diesmal nichts aus.

Danach durfte Birgit ihre Geschichte zum Besten geben.

Auch sie erzählte alles und zum Schluss schämte sie sich für ihr Verhalten, - gleichzeitig entschuldigte sie sich nochmals bei uns allen.

-Dann war ich dran, und um dem Ganzen den Stempel der Wahrheit aufzudrücken musste ich noch mein Shirt ausziehen.

"So sieht's aus!" ,das war das erste was Ralf dazu sagte.

"Klingt ja wie ne abgefahrene Abenteuergeschichte, aber wenn ich dich so anschaue!?
Hab aber auch mitbekommen dass du jemanden aus deiner Klasse ganz schön an den Eiern hattest!?!"

Er legte mir den Arm um die Schulter, blickte mir in die Augen und sagte:

"Großer! Das stehen wir gemeinsam durch. Egal was da kommt und was aus dir wird!"
Ich drückte meine Stirn gegen die Seine.

"Und weißt Du was?, - ich wollte schon immer einen Wolf als Haustier!!!"

Wenn er gerade nicht außer Reichweite von meiner Mutter gesessen wäre, hätte er dafür von ihr auch eine gepatscht bekommen!

Doch irgendwie mussten wir alle Lachen und das tat sehr gut.

"Okay, aber wie geht's jetzt weiter?"
fragte ich in die Runde.

"Tja!"

Mutter stand auf und stellte die Kuchenteller in die Spüle.

"Wir wissen nicht wie sich der Biss auf dich und deinen Körper auswirkt. Vielleicht konntest du durch das schnelle Abbinden und das Ausbürsten der Wunde etwas erreichen?
Ich denke wir warten die Auswertung der Blutwerte vom Labor ab.
Vielleicht hilft uns das schon weiter!?

Und dann bleibt uns wohl nichts anderes übrig als beim nächsten Vollmond besonders gut auf dich aufzupassen und dich nicht mehr alleine zu lassen."

"Da werd ich nen Großteil übernehmen!" meldete sich Birgit.

„Aber sollte es zum Äußersten kommen müsst ihr euch von mir fernhalten! Ihr habt Wolfgang nicht gesehen und nicht gespürt zu was er fähig ist!"
Verzweiflung lag wieder in meiner Stimme.

„Nein, gerade dann werden wir dich in unserer Mitte haben und es nicht zulassen!"
Aus ihrer Stimme sprach Entschlossenheit.

"Geralt, ich will auch nicht, dass du alleine unterwegs bist.
Ich weiß ich kann dir keinen Hausarrest verordnen.
Möchte ich auch nicht, aber alleine lass ich dich nirgends mehr hin!"

Jetzt sprach große Sorge aus ihrer Stimme.

Und zu Ralf gewandt sagte sie:
"Bitte pass mir noch mehr auf deinen "kleinen Bruder" auf!
Und, du kennst soviel Leute, frag sie doch unter irgendeinem Vorwand über Wolfgang aus.
Wir sollten vielleicht rausbekommen wo er sich so mit seinen Jungs aufhält!?"

"Okay! Mach ich!" nickte Ralf.
"Aber ich muss jetzt langsam los, wir haben noch sehr viel vorzubereiten fürs Sommer-Open-Air im Jugendhaus.

Wir bekommen nachher noch den Toilettenwagen und die Absperrgitter geliefert."

Er stand auf, ging um den Tisch und küsste Mutter auf die Wange.

"Danke, dass ihr mich eingeweiht habt! Haltet mich weiter auf dem Laufenden.
Und, -Geralt?"

"Hhm?"

"-Brothers in arms!!!"
Im Gehen zwinkerte er noch Birgit zu.

42 ("Human Nature" - IQ)

"Ma?
Ich möchte morgen zur Schule.
Letzter Tag und es gibt Zeugnis."

"Hälst Du das für eine gute Idee?
Du solltest dich ausruhen. Birgit kann dir dein Zeugnis doch mitbringen und ich glaube auch Fr. Ferrara würde das verstehen!?"

"Nein, ich möchte gehen.
Werde mich jetzt nicht verstecken und außerdem bereiten wir ja auch einiges fürs Schulfest am Dienstag vor."

Sie spürte dass es sinnlos war mit mir jetzt zu diskutieren.

"Na dann. Aber versprich mir dass du nach der Schule sofort nach Hause kommst.
Und vor allem, - keine Dummheiten mehr!!!
Ich werde morgen nachmittag zu Pa und Inge ins Heim gehen. Da gibt`s noch Erklärungsbedarf."

"Hhm." Ich nickte aufrichtig.

"Kommst du noch mit hoch? Oder musst du schon gehen?" fragte ich Birgit mit einem Blick auf die Uhr.

In der Zwischenzeit war es kurz nach 18Uhr.

"Nein, etwas Zeit hab ich noch.
Soll um halb acht daheim sein. Meine Eltern machen sich Sorgen um mich, aber auch um dich.
Sie haben natürlich gefragt was mit dir und uns los war!
Habe ihnen die Geschichte erzählt die deine Mutter erfunden hat und dass du zusätzlich Ärger wegen mir bekommen hast."

"Ich werde nachher noch das Hemd von deinem Vater waschen und hoffe die Blutflecke gehen raus!?" warf meine Mutter ein.

"Danke, aber ich kann`s auch so mitnehmen." sagte Birgit im Aufstehen.

"Nein, das gehört sich wohl!"
Ich nahm Birgit bei der Hand und wir gingen die Treppen nach oben.

43 ("Babe" - Styx)

Wir setzten uns auf mein Bett.

"Drück mich!" Birgit rutschte ganz eng neben mich.
"Ich brauch das jetzt!"

Sie weinte und ihr ganzer Körper fing zu zittern an.

Jetzt lag es an mir sie aufzubauen.

"Hey, was du mir gestern am Telefon gesagt hast war das Schönste was mir bisher passiert ist, - außer Dir!

Und ich spüre und rieche mit all meinen Sinnen dass du es jetzt ehrlich mit mir meinst!
Ich kann nicht sagen ich liebe Dich. Das drückt es nicht aus was ich für dich empfinde.

Es ist einfach was Einzigartiges das ich noch nie gefühlt, gespürt, empfunden habe.
Und ich bin sehr froh dass ich dies mit dir teilen darf!"

"Das war jetzt das Schönste was ich bisher gehört hab!" flüsterte sie mir ins Ohr.

Dann hielten wir uns einfach nur fest und weinten beide.

Es tat sehr gut und verstärkte das neue Band das uns jetzt wieder vereinte.

44 ("Teacher" - Jethro Tull)

Freitag. -Schule.
Mir kam`s wie eine Ewigkeit vor, dass ich das letzte mal hier war.
Die jüngeren Schüler gingen uns schnell aus dem Weg und flüsterten hinter meinem Rücken als wir durch die Aula liefen.
Die Älteren blickten uns respektvoll an.

Mir war es unangenehm, doch Birgit genoss es sichtlich neben mir herzugehen.

Selbst Johann hatte mich im Bus begrüßt.
"Schön dich zu sehen! Geht`s besser?" hatte er gefragt.

Rudi fehlte am letzten Schultag in unserer Klasse. Er wurde nach unserem Vorfall von der Schule ausgeschlossen.

Aber wieder war weit und breit keine Spur von Wolfgang und seinen Hunden?

Kurz vor der Pause wurden uns die Zeugnisse ausgeteilt und ich hatte es tatsächlich geschafft meinen Notenschnitt im Vergleich zum Gymnasium zu verbessern.

Einem Vorrücken in die 10.te stand nichts im Wege. Glückwunsch!

Auch Birgit war über ihr Zeugnis sehr Happy!

Angelika, unsere Klassensprecherin, kam auf mich zu.

"Geralt, hast du Lust kurzfristig für unsere Aufführung zum Schulfest einzuspringen?"

Rudi hatte wohl eine kleine Rolle die ich jetzt für ihn übernehmen sollte.

"Sorry Geli, aber ich hab grad selber Theater genug!"

Ich hatte auch keine Lust irgendwie im Rampenlicht zu stehen. Obwohl ich das ja schon war.

"Okay, versteh ich. Aber Du kommst doch hoffentlich?"
"Ja, auf jeden Fall, -und meine Mutter bringt den besten Apfelkuchen mit, den ihr je gegessen habt!"

Jetzt war ich selbst überrascht über die vielen Worte die freiwillig aus mir sprudelten!?

An der Bushaltestelle verabschiedete ich Birgit mit einem liebevollen Kuss.

"Was machst heute noch?" fragte sie neugierig.

"Ganz ehrlich!?
-Ich werd was essen und dann geh ich ins Bett und werde mich vor morgenfrüh nicht mehr rühren!
Ich bin ziemlich platt und müde.
Okay?"

"Klar!"

"Ruf dich morgen vormittag an!"

"Mach das!"

"Hhm!"

Ma war sichtlich stolz auf mein Zeugnis.

„Hat sich auf eine Weise der Schulwechsel doch gelohnt!"

„Apropos gelohnt!
Wie sieht's aus mit Zeugnisgeld?"

Wir hatten schon vor dem Schuljahr eine Prämie für die Schulnoten
ausgemacht.
Für eine Eins gab's 5 Mark. Eine Zwei 3 Mark und für eine Drei noch 1
Mark.
Eine Vier war neutral und für eine Fünf oder Sechs musste ich diverse
Aufgaben im Haushalt übernehmen.
Eine Eins hatte ich zwar keine, aber mit nur Zweien, Dreien und
Vieren kam ich insgesamt auf 12 Mark.

Haushaltsdienst fiel flach!

45 ("Morning on earth" - Pain of Salvation)

Wieder mal Samstag.

– Wochenende! – Ferien!!!

Ich hatte wirklich tief und fest geschlafen und nicht mal Ralf gehört,
als dieser gegen zwei Uhr ins Zimmer kam.

Neben dem Bett lag meine Isomatte.

Ich streckte mich auf ihr aus und versuchte mich dann vorsichtig an einer Liegestütze.

Aus Einer wurden Fünf.
Aus Fünf dann Zehn!

Ich spürte in jedem Muskel ein Ziehen, aber keinen Schmerz.

"Sieht schon wieder ganz gut aus!" murmelte Ralf noch etwas verschlafen aus seiner Decke.

Er hatte recht. Ich fühlte mich stark und voller Energie.

Es folgten noch weitere und ein paar Situps. Dann zog ich mir die Jogginghose und mein Shirt über.

"Kommst auch frühstücken?"

"Yes, soll dich ja nicht alleine lassen!?"
Er hatte schon eine trockene Art von Humor.
Ich ging ins Badezimmer drehte den Wasserhahn auf und schöpfte mir Wasser ins Gesicht.
Aus dem Badezimmerspiegel strahlten mir zwei blaue Augen entgegen.
"Der Geist ist verschwunden, Geralt ist wieder da!"

"Guten Morgen Ma." Sie saß am Tisch und hatte eine Tasse mit Kaffee vor sich.

"Na, wie gehts Dir?" aus ihrer Frage klang Optimismus.

"Fühl mich gut, und hab auch gut geschlafen!"

Ich goss mir eine große Tasse mit Kaffee ein und nahm mir zwei Stück Toastbrot. Marmelade und Butter standen schon auf dem Tisch.

Während ich mir die Toasts dick schmierte spürte ich ihre Blicke.

"Was ist los?" ich sah ihr fragend in die Augen.

"Ich hab große Angst um Euch!" sagte sie geradeheraus.
"Es wird wieder etwas Schlimmes passieren. Ich weiß es!"

Doch ihre Stimme klang nicht ängstlich.
Eher fest und entschlossen.

Ich musste sie immer wieder bewundern.

Wie sie trotz allem mit beiden Beinen im Leben stand und
auch jetzt, trotz aller Zweifel und Ängste das Schicksal nicht einfach
hinnahm, sondern sich mit allem was sie hatte verteidigte und sogar in
die Offensive ging!

Meine Mutter!!!

Ralf kam mit einem kurzen "Moin" in die Küche.

"Und, seid ihr fertig geworden?"
Damit meinte sie die Vorbereitungen fürs Open-Air heute abend.
"Wetter spielt ja super mit. Soll den ganzen Tag schön und warm
bleiben."

"Ja, war noch ganz schön zu tun, aber wir haben`s gewuppt!
Kann nur ein Erfolg werden und die Jungs von SubwayQ freuen sich
schon auf ihren Auftritt!"

"Ma?"
-ich glaube sie wusste schon was für eine Frage jetzt von mir kam.
"Darf ich auch hin? Ich möchte Birgit gerne dazu einladen!"

"Ich werd wahrscheinlich kaum Zeit für euch haben, muss schauen
dass alles funktioniert."
Es klang wie eine Entschuldigung von Ralf.

Ich sah den skeptischen Blick von meiner Mutter.

"Ma? Bitte?
Schaufel, Berber und die ganzen anderen aus der Clique kommen
auch.

Da bin ich nicht alleine!!??"
Jetzt war es fast schon ein Betteln.

„Ja stimmt!",
bestätigte Ralf mit vollem Mund.
„Die haben gestern abend Karten gekauft und nach dir gefragt."

"Na gut!
Aber ich hol Dich und Birgit um elf Uhr mit dem Auto ab. Ich lass dich nicht mit ihr alleine nach Hause laufen!"

"Great Ma!
Du bist die Beste!!"
Ich glaub die Freude war mir ins Gesicht geschrieben.

"Geralt, ihr seid natürlich heute Abend eingeladen und meine "VIP`s"!"
Und wieder einmal war`s überragend einen Bruder zu haben.
Ich konnte es kaum erwarten Birgit anzurufen.

46 ("Master of Illusion" - Pendragon)

Wir hatten uns für siebzehn Uhr verabredet.

Das Konzert ging zwar erst um 19.30Uhr los, aber Birgit wollte dass ich früher vorbeikam, damit ich auch noch mit ihren Eltern reden konnte.

Verständlich.

Meine Mutter gab mir das frisch gewaschene und gebügelte Hemd von Birgits Vater und eine Flasche Rotwein mit.

"Macht einen guten Eindruck! -Aber nicht selbst trinken! Und sag einen Gruß von mir – Unbekannterweise!"

"Danke! Bis später."

"Ich werde um elf vor dem Kino auf Euch warten!"

Ich hatte meine Lieblingsjeans und ein leichtes langärmliges Leinenhemd an, mit den Ärmeln bis zum Ellbogen gerafft. So konnte niemand meine Wunde am Oberarm sehen.

Wie immer pünktlich klingelte ich bei Birgit an der Haustüre. Schon auf dem Weg zu ihr überkam mich ein leicht flaues Gefühl.

Angst?

Nein!

Ungewissheit, - Aufregung, - Vorfreude!
Ein Engel mit graublauen strahlenden Augen öffnete mir die Türe und küsste mich bevor ich "Hallo" sagen konnte.

"Schön dass du da bist!"
"Hhm!"

"Komm rein, meine Eltern sitzen auf der Terrasse."

Sie sah umwerfend aus.

Braune, enge Cordjeans. Rot-weiß karierte Bluse über weißem, ärmellosen Top.
Die blonden Haare offen.

Perfekt!

Ich folgte ihr durch den Hausflur ins Wohnzimmer und konnte den Blick nicht von ihrem Hintern nehmen.

Sie schlug den Vorhang zur Seite und ich trat hinter ihr auf die Terrasse.

"Hallo Fr. Ziegler!"

Sie stand auf und ich reichte ihr die Hand.
Ihr Mann saß neben ihr und stand jetzt auch auf.

"Guten Abend Herr Ziegler. Ich bin Geralt."
Auch ihm hielt ich meine Hand entgegen und er drückte sie fest und
bestimmend.
(Ja, man konnte schon Gepflogenheiten wenn man wollte und musste).

"Na Geralt." sagte Fr. Ziegler.
"Schön dich wiederzusehen! Das letzte mal bist du ja sehr schnell
verschwunden!"

"Ja stimmt. Und das tut mir auch sehr leid."
Ich hielt ihr das Hemd entgegen. Sie nahm es mir aus der Hand.
"Vielen Dank dafür."

Ich reichte ihrem Vater die Flasche Wein.
"Einen Gruß und ein Dankeschön unbekannterweise von meiner
Mutter. Wir möchten uns auch für die Aufregungen bei Ihnen
entschuldigen."

Birgit stand neben mir und amüsierte sich über mich.

"Jetzt setzt euch erstmal. Zum Glück ist dir nicht mehr dabei passiert!"

-Sie hatte ja keine Ahnung!

Sie rückte die Polster auf der Bank zurecht.
Birgit setzte sich neben mich und nahm meine Hand.

"Möchtest du was trinken? Und dann kannst uns ja kurz erzählen was
passiert ist. Wir haben uns schon Sorgen um dich gemacht. Birgit hat
uns nicht viel dazu gesagt."

Ja, jetzt war ich in der Pflicht. Vor allem weil Birgits Vater mich immer
wieder eindringlich musterte.

Ich erzählte Ihnen von Rudis Eifersucht, die ja durchaus
nachvollziehbar war und von seinem hinterhältigen Überfall.

Gleichzeitig von meinem Vater und der erfundenen Geschichte meiner Mutter.

Birgit pflichtete mir immer wieder bei und so kamen meine Ausführungen doch glaubhaft rüber.

"Da können wir ja wirklich von Glück sagen, dass du jetzt hier sitzen kannst. Das hätte für dich zu allem noch richtig ins Auge gehen können?"

Das waren die ersten Worte die Herr Ziegler zu mir sagte.

Ich schaute ihn direkt an und antwortete ihm:

"Ja das stimmt, Hr. Ziegler.

Aber ich möchte jetzt nicht unhöflich sein, Birgit und ich sind heute Abend eingeladen und wir sollten jetzt gehen.

Es hat mich sehr gefreut ihre Bekanntschaft zu machen und ich hoffe dass wir uns am Dienstag auf dem Schulsommerfest wieder sehen werden?"

Ich stand auf und er und Birgit taten es mir gleich.

"Na du scheinst mir ja ein anständiger Bursche zu sein?" meinte er zu mir.

"Zum Schulfest kommen wir auf jeden Fall. Das ist der letzte Tag bevor wir in Urlaub fahren.

Dann sehen wir uns ja da."

"Ja, gerne. Und meine Mutter wird auch da sein. Sie hilft beim Kuchenverkauf."

"Dann treffen wir uns ganz bestimmt!"

Birgits Mutter stand jetzt auch freudig auf.

"Viel Spaß euch heute Abend. Und um elf Uhr ist Zapfenstreich!"

"Ja, meine Mutter holt uns mit dem Auto ab und wir bringen Birgit pünktlich heim!"

Hr. Ziegler baute sich vor mir auf und drückte mir zum Abschied noch einmal die Hand.

Ich schaute ihm respektvoll in die Augen.

„Du Schauspieler!"
sagte Birgit sichtlich erfreut zu mir, als wir durch den Vorgarten liefen.
„Ich glaub jetzt hast du bei meinen Eltern einen Stein im Brett!?"

Sie hakte sich an meinem Hosenbund ein und ich steckte eine Hand in
ihre Gesäßtasche.

47 („Simple Tune" - SubwayQ)

Der Sommergarten hinterm Jugendhaus war schon zur Hälfte belegt
als wir durch die Eingangskontrolle traten.

Ralf hatte uns zwei Karten zurückgelegt und wir bekamen noch einige
Gutscheine für Grillwurst und Getränke.

Der Garten war auf einer Seite mit natürlichen Hecken und
Lattenzäunen von den angrenzenden Grundstücken abgezäunt und
auf der anderen Seite hatten Ralf und sein Team die Absperrgitter
aufgestellt.
Im hinteren Bereich zum Jugendhaus hin hatten sie "Sepp" mit seinem
Imbisswagen organisiert, der ja sonst am Waldsee verkaufte.

Zwischendrin standen ein paar große Apfelbäume an denen
Lampions, Strahler und bunte Lichterketten dekoriert waren.

Im Vordergrund eine große Bühne.
Auf ihr links und rechts eine Reihe Lautsprecherboxen, darüber ein
paar große Scheinwerfer und davor waren schon die Instrumente und
Mikrofone bereitgestellt.
Einem gelungen Auftritt und einem schönen Abend stand also nichts
mehr im Wege.
Der einzige Nachteil? -Aus Gründen der Lärmbelästigung musste das
Konzert um spätestens 22.30Uhr zu Ende sein.

"Wuchty!"
Schaufel kam auf uns zu.

"Hi ihr zwei! Wir sitzen da vorne unterm Apfelbaum." Er klatschte mich ab, begrüßte Birgit und zeigte mit dem Arm nach vorne.
"Birgit!" rief da schon Fräulein. "Kommt her!"

"Bier? Ich hol grad welches?" fragte Schaufel.
"Ich hab Gutscheine. Ich komm mit! Was trinkst du?" fragte ich Birgit.
"Auch eins!"
"Geh schon mal vor, ich hol mit Schaufel die Getränke."
Auf der Decke unterm Apfelbaum saßen außer Fräulein noch Schädel, Berber und Conny. Birgit lief freudig zu Ihnen.

"Hab gehört du hast in der Schule Ärger gehabt?"
Schaufel sagte es so beiläufig wie wenn man einen nach der Uhrzeit fragt.
"Schlimm?"

"Nein, geht so." Ich wollte ihm die Wahrheit nicht sagen, obwohl er unter allen in der Clique mein bester Freund war.

Er fragte auch nicht weiter nach.
Wie abgezählt reichten meine Gutscheine für die fünf Bier und die Fanta für Conny.

"Na das ist ein Einstand.
Grüß dich, und danke dir für Birgit und Bier!"
Fräulein nahm mir grinsend eine Flasche Bier ab.
Ich begrüßte die anderen kurz.

"Hallo Geralt."
"Hi Conny. Schön dass du auch da bist!"
Ich schaute dabei zu Birgit und sah dass sie darüber auch sichtlich froh war.
Wir hatten alle auf der großen Decke Platz und konnten fast den ganzen Garten überblicken. Es war jetzt kurz vor sieben Uhr, also noch knapp über eine halbe Stunde bevor`s losging.

Fußball, Ferien, Heimatwoche. Das waren unsere Themen. Worüber sich Birgit mit Conny unterhielt konnte ich aus dem Geräuschpegel und der Hintergrundmusik nicht heraushören.

Aber sie schienen Spaß zu haben.

So langsam wurde es voll auf dem Gelände.

Und dann konnte ich ihn riechen!

Ich blickte zur Einlasskontrolle und soeben passierten Wolfram und Wolf-Dieter den Eingang.

Dann kam Wolfgang.

Er zeigte seine Karte, ging zwei Schritte, blieb stehen und sog die Luft ein.
Sein Blick traf sich sofort mit meinem.
Gefühlte Minuten hielten wir uns mit den Augen fest.
Dann ging er weiter.

Hinter ihm kam Rudi. Noch ziemlich breitbeinig!
Alle vier waren in schwarz gekleidet.
Jeans, Stiefel. Enges, ärmelloses Shirt, -das vor allem Wolfgangs muskulöse Oberarme betonte.

Sie setzten sich auf die Seite der Absperrungen. Dort konnten sie sich mit dem Rücken gegen die Gitter lehnen und hatten freien Blick zur Bühne.
Aber auch zu uns.

Birgit hatte sie noch nicht gesehen.
Ich unterhielt mich weiter, liess sie aber nicht aus den Augenwinkeln.

Rudi ging nach hinten und kam kurz darauf mit vier Bier in den Händen zurück.

Wolfgang prostete mir zu.

"Es geht los!",
rief Birgit aufgeregt und zeigte zur Bühne.

Wir standen alle auf und klatschten in die Hände.
Inzwischen war das Gelände voll geworden.
Viele bekannte Gesichter waren da und ich freute mich für Ralf und
sein Team.
Dieser stand jetzt auf der Mitte der Bühne und hatte ein Mikro in der
Hand.
Er breitete die Arme aus.

"Hallo Zusammen und schön dass ihr alle hier seid!
Bevor es hier losrockt, muß und möchte ich mich noch bei einigen
bedanken die zum Gelingen des Abends beitragen.
Da ist zum Einen mein Team von Helfern!"

Riesenapplaus.

"Die Jungs von den "Ghost Riders", die als Security bereit stehen!"

Verhaltener Applaus und ich blickte zu Wolfgang. Doch der stand nur
gelangweilt da.

"Und zum Schluß noch "Sepp", der für euer leibliches Wohl sorgt!"

Fetter Applaus und Fräulein schrie laut "Freibier!!!" in die Menge.

"Doch jetzt, - Bühne frei und viel Spaß mit "SubwayQ!"

Unter großem Applaus ging er von der Bühne.

Es war noch ziemlich hell und so kamen die großen Scheinwerfer noch
nicht richtig zur Geltung. Dafür waren links und rechts zwei kleine
Nebelmaschinen aufgestellt, die die Bühne jetzt in wabernde
Schwaden tauchten.

Rhythmisches Klatschen begleitete die Band zu ihren Instrumenten.
Kurzes Einzählen mit den Drumsticks, dann rockten sie los!

Der Funke sprang sofort über.
Der Sound war ausgezeichnet und die Band zeigte was sie drauf hatte.

Birgit trat neben mich und wir wiegten im Takt unsere Hüften.
"Wolfgang ist auch da. Mit Rudi und den anderen."
rief sie mir plötzlich erschrocken ins Ohr. Sie hatte sie unter den
Zuhörern entdeckt.
"Ja, hab sie schon gesehen!"

"Es macht mir Angst!"

Ich sah es in ihren Augen.

"Brauchst du nicht. Hier sind wir nicht alleine!"

Ich nahm sie ganz eng in die Arme und wir tanzten und ich küsste sie
dabei.
"He, -nehmt euch ein Zimmer!"
kam da der Kommentar von Fräulein.
Das brachte Birgit wieder zum Lachen und sie prostete mit ihm an.
"Vielleicht machen wir das!?"
sagte sie und zwinkerte mir zu.

Dann schauten und hörten wir wieder der Band zu.

Mein Blick fiel immer wieder zur "WolvesGang".

Rudi, Wolfram und Wolf-Dieter gingen mit der Musik mit. Wolfgang
lehnte nur am Gitter und beobachtete alles.

Nach knapp einer Stunde gab es eine Pause von ca. 15 Minuten.

Zum zweiten Teil des Auftritts sollte es dunkel sein, denn dabei wurde
die Musik von einer beeindruckenden Lightshow begleitet

"Na, wie findest du die Band?" fragte ich Birgit.

"Ganz schön gut. Und der Sänger ist ja sooo süß!!!"

Damit wollte sie mich nur aufziehen.
Berber sammelte die Flaschen von uns ein.

"Ich hol noch eine Runde!?"
Von keinem eine Widerrede.

"Ich geh mit. Muß mal wohin." sagte ich zu Birgit.
Die setzte sich wieder zu Conny auf die Decke.

"Geht ihr nächsten Samstag zur Heimatwoche?"
fragte sie Conny.

"Ja, ich denk schon.
Wir haben noch nichts ausgemacht, aber wir sind ja jetzt alle über 16
da können wir länger bleiben.
Macht ja erst am Abend richtig Spaß!"

"Stimmt.
Ich hab Geralt zwar noch nicht gefragt. Aber da ich ja mit meinen
Eltern nicht in den Urlaub muß denk ich schon dass wir zusammen
hin gehen werden?!"

Sie blickte in die Runde und sah gerade noch wie Wolfgang und Rudi
das Gelände Richtung Toilettenwagen verließen.

"Oh, ich muß auch noch ganz schnell!"
sagte sie eilig zu Conny, stand auf und suchte mit den Blicken den
Garten ab.

Sie sah Ralf mit einem Helfer vor der Bühne stehen.
Im Laufschritt eilte sie auf ihn zu.
"Ralf!!!"

"Hey! Und wie gefällt's euch bis jetzt? Sind die nicht klasse? Und jetzt
mit der Lightshow wird's noch viel besser!"
Euphorisch blickte er sie an.

"Ralf, schnell!"
Sie nahm ihn am Arm.
"Geralt ist auf die Toilette und gerade sind Wolfgang und Rudi auch raus!"
Mehr brauchte sie ihm nicht zu sagen.
Er ließ sie stehen und lief los.
Am Ausgang winkte er dem eingeteilten Security und sie rannten um die Ecke.

49 ("The dance of Fools" - Shadow Gallery)

Der Toilettenwagen stand auf dem Parkplatz vom Kino. Der Besitzer hatte dankenswerterweise einen Wasseranschluß zur Verfügung gestellt.

Ich wusch mir die Hände und trat wieder nach draußen.

Wolfgang und Rudi lehnten am Geländer der kleinen Holztreppe. Überraschung!

"Heyheyhey! Du siehst ja wieder ganz gut aus!" Wolfgang trat vor mich und Rudi platzierte sich neben ihm.

"Lass mich in Ruhe. Hab ich dir schon mal gesagt!
Sei froh dass ich dich nicht angezeigt habe!"

Ich hatte keine Angst vor ihm und stellte mich vor ihn.
Sein animalischer Geruch war stärker als der "Duft" des Toilettenwagens.
"Rieche ich genauso?" Absurder Gedanke in dieser Situation!? Wie zwei Kampfhähne standen wir uns gegenüber.

"Wer hätte dir denn geglaubt? Die hätten eher dich eingesperrt weil sie denken dass du unter Drogen stehst!!!"
Er grinste breit.

"Mit dem Vorfall im Wald hast du doch sicherlich auch zu tun?"

"Wer weiß, -wer weiß!?" Er leckte sich die Lippen.

"Was willst Du von mir?"

"Hab ich dir auch schon mal gesagt.
Ich will Dich!
Und du wirst sehr bald freiwillig zu mir kommen!"
Er strich sich eine Strähne seiner langen schwarzen Haare aus dem
Gesicht und seine Augen begannen wieder zu glühen.

"Du weißt es, - und ich werde dich kriegen!!!"

"Und ich kriege die Kleine!"
Rudi rieb sich genüsslich die Hände.

Das hätte er nicht sagen sollen! Schnell wandte ich mich zu ihm und
holte schon mit der linken Hand aus.

"Schluß!!! Aufhören! Wir wollen hier keinen Ärger!"
Ralf kam im Laufschritt auf uns zu. Mit ihm der "Ghost Rider", der in
sein Walkie-Talkie sprach.

Ein paar Schritte dahinter Birgit.
"Wir auch nicht!"
Wolfgang hob abwehrend die Hände.
"Ich wollte nur fragen wies ihm geht!"
Seine Augen hatten wieder die normale Farbe angenommen.

"Na dann ist ja okay."
Hinter Ralf kamen jetzt zwei weitere Ordner dazu und stellten sich zu
allem bereit um uns.

"Komm!"
sagte Wolfgang zu Rudi und legte ihm den Arm auf die Schulter.
"Die wissen ja noch gar nicht dass wir am Ende die Guten sind!!!"
Mit einem hämischen Blick und gefolgt von rauhem Lachen gingen sie
zurück aufs Gelände.

"Geralt! Alles okay?"
Birgit drängte sich nach vorne.
"Ja, alles gut!"
Ralf kam zu mir.
"Soll ich sie rauswerfen lassen?"
"Nein. Lass gut sein. Sonst gibt's nur unnötig Stress!
Du bist gerade noch rechtzeitig gekommen, sonst hätte ich Rudi eine
geballert!" -Ich musste tief einatmen.

"Ach, das war also der Nachwuchs-Ninja den du fast um seinen
Nachwuchs gebracht hast!?"

Da war er wieder, - seine Art von Humor.

"Kommt mit, schaun wir uns den zweiten Teil der Show an. Wird
klasse!"
Er hängte sich bei Birgit und mir ein.

Im Vorübergehen wandte er sich noch an die Securities.
"Für so was hab ich euch Jungs!!
Habt ein Auge auf die Gang!"

"Ralf? - Danke!"
Birgit küsste ihn auf die Wange.

Es wurde dann wirklich ein toller Abend und auch Birgit konnte ihn
noch etwas geniessen.
Auch wenn ihre Blicke immer wieder zur "WolvesGang" wanderten,
die aber nicht nur unter ihrer Beobachtung standen.

Pünktlich um 22.30Uhr war dann aber leider Schluss und die Band
wurde mit frenetischem Applaus verabschiedet.

Wolfgang und sein Gefolge hatten schon vorher das Gelände
verlassen.

Wir standen im Garten und diskutierten noch die kommenden Tage.

"Am Samstag zur Heimatwoche wäre doch klasse.

Wie ísts mit Treff am Auto-Scooter um sechs?"
Der Vorschlag kam von Schaufel und keiner hatte was dagegen.
"Na dann gehen wir jetzt! Meine Mutter holt uns ab.
Du kannst gern noch bei uns mitfahren?", fragte ich Schaufel, der nur
drei Straßen weiter von uns wohnte.
"Wir fahren halt erst Birgit heim."

"Au ja. Passt. Ich fahr mit!"
Wir verabschiedeten uns von den Anderen.

Berber ging mit Conny heim und Schädel hatte mit Fräulein fast den
gleichen Weg.

"Also dann. Hoffentlich bis nächsten Samstag?"
rief Birgit noch Conny hinterher.

Ralf begleitete uns drei noch bis vors Kino um meiner Mutter zu sagen,
dass er heute Nacht bei Heike übernachtete. Sie brauchte sich also
keine Gedanken machen.

Ma wartete schon und stand wieder rauchend vor dem Auto.

"Wir erzählen ihr aber nichts davon!"
flüsterte Ralf Birgit und mir noch zu bevor wir zum Auto kamen.

"Und wie war´s?"
Sie sah uns entgegen.

"Geil!"
antworteten wir alle auf einmal!

50 ("See me, Feel me" - The Who)

Heute blieb ich lange im Bett.

Ich war zwar wach, aber vielleicht doch noch nicht richtig?

Sonntagfrüh ging Mutter in die Kirche und dann bei Pa im Heim vorbei.

Mich beschäftigte der gestrige Abend.
Tolles Konzert.
Die Clique ist klasse.
Birgit! Wow!!!
Und doch!?
Es könnte alles so schön, -so normal sein!

Wolfgang!
Seit gesternabend wurde mir endgültig bewusst, dass es zu einer Konfrontation, Aggression, Auseinandersetzung kommen würde!

Niemals wollte und sollte ich so werden wir er!!!

Ich stand nicht auf aus dem Bett, sondern hangelte mich an den angeschraubten Griffen an der Decke entlang bis zur Türe.
Dort griff ich die Klimmzugstange und hörte erst wieder auf, als meine Finger und Arme mich nicht mehr halten konnten.

So viel hatte ich noch nie geschafft.
Ich wurde immer stärker.

Frische Wäsche, Shirt, Dusche.
Dann in die Küche zum Frühstück.

Es war jetzt halb Zwölf.
Birgit musste heute mit ihren Eltern zur Tante, die die nächsten 14 Tage ein Auge auf sie haben sollte.

Also ein Tag für mich alleine! -Auch mal nicht schlecht.

Trainieren, Essen, Ausruhen, Nachdenken.

So ging der Sonntag schnell vorbei.

Es war kurz vor 10Uhr. -Ich lag noch im Bett.

Das Telefon läutete und ich konnte alles hören.
"Geralt! Aufstehen!
Dr. Koppold hat angerufen. Wir sollen in die Praxis kommen."

"Ich habs gehört!"

Um elf Uhr saßen wir im Wartezimmer. Ich blätterte im "Kicker
Magazin" und Ma sah sich irgendeine Modezeitschrift an.
Nach zehn Minuten wurden wir aufgerufen.

"Setzt euch bitte!"
Er gab uns die Hand, ging wieder um seinen Schreibtisch, setzte sich
und öffnete eine Akte.
Sein Blick ruhte lange auf den Papieren ehe er wieder zu uns aufsah.

Er fragte nicht wie`s mir geht!?

"Die Laborwerte sind heutefrüh gekommen und ich habe sie mir lange
und aufmerksam angesehen."

Ich rutschte noch etwas weiter nach vorne auf meinem Stuhl und hörte
ihm mit aufgestützten Ellbogen zu.

"Sehr außergewöhnlich und fast einzigartig!", sagte er.
Dabei blickte er mich abschätzend an.

"Dein Blut weist einen hohen Grad an Wandlungsfähigkeit und
Resistenz auf, aber keine Infektion."
Meine Mutter atmete hörbar aus.
"Somit ist dein Körper in der Lage sich sehr schnell an
unterschiedliche Einflüsse wie Krankheiten oder Infektionen
anzupassen und lässt diese schneller heilen.
Außerdem verstärkt es deinen Kreislauf und die Motorik und lässt
dich viel, viel leistungsfähiger werden.

Wirklich sehr außergewöhnlich!
Ich habe so was bisher nur erst einmal gesehen."

Er legte die Akte zur Seite.
"Zieh bitte dein Hemd aus."
Ich folgte seiner Aufforderung und er trat neben mich.
Die Schwellungen an meiner Schulter waren komplett zurückgegangen und man konnte jetzt wieder die einzelnen Sehnen und Muskelstränge sehen.

Er nahm meinen Arm und führte ihn nach oben.
Mit den Fingern tastete er die Bisswunde ab. Bis auf zwei lange Narben, die fast parallel nebeneinander verliefen, und einer leichten Schwellung war von der großen Wunde nichts mehr zu sehen.

"Hhm!" das kam jetzt von ihm.
"Tut sie noch weh?" fragte er und sah mich jetzt bewundernd an.
Meine Mutter blickte verwundert.

"Nein, sie brennt nur noch leicht."

"Das wird sich hoffentlich in den nächsten Tagen auch noch legen.
Aber um sicher zu gehen möchte ich dass du am Freitag noch mal vorbeikommst.
Nur zur Nachkontrolle.
Da brauchen sie dann auch nicht mehr dabei sein." wandte er sich an meine Mutter.
"Und ich habe ihnen bei der Anmeldung ein Rezept hinterlegt für eine Salbe zum Auftragen auf die Narbe."

"Vielen Dank Herr Doktor."
Sie verabschiedete sich von ihm und ging zur Anmeldung um das Rezept zu holen.

Ich knöpfte mir das Hemd wieder zu und streckte ihm die Hand entgegen.
"Danke."

Er schaute mich besorgt an.

"Geralt, wir müssen uns am Freitag ernsthaft unterhalten. Ich wollte deine Mutter nicht beunruhigen. Aber in der Probe aus deiner Wunde habe ich etwas seltsames entdeckt.
Sie enthält so etwas wie einen Virus!"
Ich versuchte überrascht zu sein.

"Wir brauchen uns gegenseitig nichts mehr vorzumachen! Ich weiß es und du weißt es auch! Der Virus stammt von einem Tier!
Einem großen schwarzen Wolf mit leuchtend gelben Augen!"

Es war das erste Mal dass er lächelte.

Jetzt wusste ich dass ich richtig mit ihm lag.

"Bis Freitag!"

52 ("Some are Born" - Jon Anderson)

Ralf saß in der Küche als wir zurück kamen.

"Essen?" fragte er frech.

"Heutemittag bleibt die Küche kalt, aber wenn ihr wollt kann ich auf heutabend was kochen?
Ich backe nachher eh noch den Apfelkuchen für morgen!"

Zustimmendes Nicken.

"Und was ist rausgekommen?"

"Keine zusätzliche, nachweisbare Infektion.
Trotzdem bleiben seine Blutwerte außergewöhnlich und wir wissen nicht wie sie ihn weiter beeinflussen?
Wir müssen nach wie vor auf ihn aufpassen."

Sie strich mir mit der Hand durchs Haar.

"Meine Jungs!"
Mit einem Seufzer der Erleichterung nahm sie sich eine
Zigarettenschachtel aus ihrer Tasche und ging durchs Wohnzimmer
auf die Terasse.

Ralf und ich gingen aufs Zimmer.

53 ("The King will come" - Wishbone Ash)

"Danke noch mal für Samstag. War echt klasse."

"Kein Ding! Ich glaub es hat allen sehr gut gefallen und wir konnten
sogar ein kleines Plus machen!"

Er ging zum Plattenspieler.
"Was wollen wir anhören?"

"Mach was du willst."

Er ging mit den Fingern über seine Platten und zog dann die
"LiveTapes" von Wishbone Ash heraus.

"Mal wieder richtigen Gitarrenrock."

"Wegen mir.
-Du, muss dir was sagen!"

Er drehte den Lautstärkeregler etwas runter.

"Dr. Koppold war heute nicht ganz ehrlich zu uns. Er wollte Ma nicht
beunruhigen. Doch ich soll am Freitag nochmals alleine bei ihm
vorbeikommen.
Ich glaube er weiß Bescheid, denn er weiß dass der Biss von einem
Wolf ist."

"Woher?"
"Die Probe aus meiner Wunde. Und ich glaube er hat schon mal mit ähnlichem zu tun gehabt!?
Seit er die Bisswunde gesehen hat, hat er sich etwas merkwürdig benommen!"

"Soll ich am Freitag mitgehen? Dann weiß ich auch gleich Bescheid!"
"Ja, denke das wär ganz gut!"
Wir legten uns beide auf unsere Betten.

Nach kurzer Zeit richtete Ralf sich etwas auf und sagte zu mir:

"Wir sollten mal wieder Klettern gehen?"

"Hast recht, waren wir schon lange nicht mehr."

"Wie wärs Donnerstag?"

"Hhm!"
-Zustimmung.

54 ("Running up that Hill" - Kate Bush)

Beim Abendessen erzählten wir Ma von unserem Vorhaben am Donnerstag.

"Find ich gut. Wie kommt ihr hin?"

"Wir fahren mit dem Fahrrad. Sind nur 30 Kilometer und wir haben ja den ganzen Tag Zeit."
antwortete ihr Ralf.

"Wir klettern mal wieder unsere klassischen Routen, -da kann ich wahrscheinlich mit Geralt noch mithalten.
Du bist ganz schön stark geworden!"
meinte er anerkennend zu mir.

Wir hatten das schon oft gemacht dass wir mit dem Rad nach Blaubeuren gefahren sind.
Ab Ulm geht ein schöner Weg direkt an der Blau entlang und man ist in gut eineinhalb Stunden da.
Jeder von uns mit seiner Kletterausrüstung im Rucksack und einem kleinen Vesper.

Wir waren eine eingespielte Seilschaft und konnten uns zu 100% aufeinander verlassen.

Oft kehrten wir danach noch im Naturfreundehaus des Alpenvereins ein.

Meistens kamen wir dann erst zum Einbruch der Dunkelheit zurück und hatten bisher immer tolle Tage.

Im ganzen Haus roch es lecker nach Apfelkuchen.

"Irgendwie freu ich mich schon auf morgen."
Ma schnitt den Kuchen auf dem Blech in gleich große Stücke.

"Ja, ich auch. Birgits Eltern kommen auch. Und sie freuen sich darauf dich kennenzulernen."

"Was hast du ihnen erzählt?"
Ihre Stimmlage veränderte sich wieder etwas.

"Das was mit Rudi und mir war und dann das was du Schwester Inge im Heim aufgetischt hast!
Von allem anderen wissen sie nichts, -und sie habens Birgit und mir auch geglaubt!"

"Na dann. Nicht dass uns im Gespräch ein Fauxpass passiert? Sollen wir Birgit morgen mitnehmen?"

"Nein, sie kommt mit ihren Eltern und wir treffen uns dann in der Schule."

55 ("Games without frontiers" - Peter Gabriel)

Schulfest.

Beginn war um 14Uhr.

In der Mitte der Aula waren Biertische zu einer U-Form aufgestellt. Es diente als Kuchenbuffet und meine Mutter richtete die gespendeten Kuchen zum Verkauf an.

Davor, und auch in der Aula verteilt standen viele Stehtische.

Ma hatte bewusst diese Helferaufgabe gewählt.
Sie hatte so die Möglichkeit viele Elternteile und auch Schüler mehr oder weniger kürzer oder länger kennenzulernen.

Die unteren Klassenzimmer dienten als Ausstellungsräume.

In einem für diverse Zeichnungen und Werkstücke aus dem Kunstunterricht. In einem anderen wurden Versuche aus Chemie und Physik nachgestellt.
Und stündlich das Pantomimespiel "Spiel ohne Grenzen", das von einigen meiner Mitschüler aufgeführt wurde.

Die Lehrer liefen voller Stolz hin und her und standen den Eltern Rede und Antwort.

Gegen 15Uhr war es ziemlich voll und die Helfer am Getränke- und Kuchenstand hatten alle Hände voll zu tun.

Birgit und ich liefen Hand in Hand von Klassenzimmer zu Klassenzimmer und schauten uns alles an.

Wir hatten zuvor meine Mutter mit ihren Eltern bekannt gemacht. Ich sah ihr an dass sie sehr froh darüber war dass zum Verkauf sehr viel los war und sie so einem Gespräch vorerst aus dem Wege gehen konnte.

Jetzt unterhielten sich Birgits Eltern mit Fr. Schuster und schauten immer wieder zu uns.

An einem der Stehtische lehnte auch Johann, unser Busfahrer.

Heute mit beigefarbener Hose, einem kurzärmeligen hellblauem Sommerhemd und leichten Leinenschuhen bekleidet.

"Hey Johann. Hätte dich fast nicht erkannt."

Wir stellten uns zu ihm. Ein komischer Geruch umgab ihn.

"Noch im Dienst heute?" fragte ich ihn.

"Nein. Hab jetzt auch Ferien. Ich fahre ja nur noch Schulbus. Und somit kann ich`s genießen!!
Ich wurde heute von der Schulleitung eingeladen.
Apropos. Der Apfelkuchen deiner Mutter ist klasse!"

"Sag`s ihr doch selber. Sie freut sich bestimmt! Wir sehen uns!?"
Wir gingen weiter.

"Ein stattlicher Mann." sagte Birgit. Wir hatten ihn sonst nur in seiner Uniform gesehen.

"Fällt sonst gar nicht so auf wenn er in seinem Fahrersessel sitzt!"

"Stimmt." ich musste ihr beipflichten.

Birgits Eltern standen bei meiner Mutter und winkten uns jetzt zu sich her.

"Ja, da sind wir!" alberte Birgit.

"Wir werden jetzt gehen." Ihr Vater blickte mich an.
"Unsere Koffer für morgen packen sich nicht von alleine und wir haben soeben mit deiner Mutter ausgemacht, dass ihr Birgit heuteabend mitnehmen werdet!"
Er streckte mir die Hand entgegen.

"Hr. Ziegler, es ist mir eine Freude und ich wünsche ihnen einen
wunderschönen, erholsamen Urlaub.
Wo geht`s denn überhaupt hin?"

Innerlich musste ich jetzt über mich selber lachen und ich sah auch
wieder Birgit grinsen.

"Nach Südtirol in die Dolomiten."

"Echt?," rief ich wirklich interessiert.
"Da möchte ich unbedingt mal zum Klettern hin."

"Du kletterst?"

"Ja, zusammen mit meinem Bruder Ralf. Am Donnerstag gehen wir
nach Blaubeuren."

Er spürte meine Euphorie.

"Ich bin früher auch geklettert. Die großen Alpenwände waren mein
zweites Zuhause!" sagte er voller Stolz.

"Wow! Da müssen wir uns wenn sie wieder zurück sind unbedingt
darüber unterhalten."

Jetzt ging Birgit dazwischen.

"Also dann bis heuteabend. Und Danke dass ich noch bleiben darf!"

Sie küsste ihre Mutter.
Ich gab ihr die Hand und wünschte ihr auch erholsame Ferien.

Birgit boxte mich in die Seite!

"Ist ja okay wenn Du dich mit meinem Vater gut verstehst, aber du
sollst ihn nicht gleich heiraten???"
"Bleib mal auf dem Teppich!
Erstens ist er das schon und zweitens
wüsste ich da vorher jemand anderen!?"

Sie boxte mich wieder.

"Und, sag mal, -seit wann redest du denn soviel?"
"Hhm?"

Ja, stimmt.
Komisch?
Woran`s bloß liegt?

Später gingen wir nochmals durch die Klassenzimmer und halfen den
anderen beim Aufräumen.
Alles in allem war es ein schönes, ruhiges Schulfest geworden.
Alle waren zufrieden.

Als wir zum Kuchenverkauf zurückgingen stand Johann bei meiner
Mutter.
Sie schienen sich köstlich zu amüsieren und ich konnte hören wie
Johann zu ihr sagte:

"…komm dann gerne mal vorbei. Hab jetzt ja auch Zeit und wenn`s
dann wieder so nen klasse Kuchen gibt?"

"Musst halt rechtzeitig sagen wann, dann back ich was!"
kam als Antwort von meiner Mutter zurück.

Was war denn da los?

Als wir zu ihnen traten wandte sich das Gespräch zu uns.

"Da seid ihr ja. Helft ihr mir noch beim zusammenräumen und
saubermachen?"
Und voller Stolz fügte sie hinzu:
"Wir haben bis aufs letzte Stück alles verkauft!"

"Klar helf ich." sagte Birgit. "Ich darf dafür ja auch mitfahren!"
"Das dürftest du auch sonst!" , antwortete sofort meine Mutter.

"Ja, die Zwei sind schon klasse.
Ich werde dann auch gehen.

Danke für den Kaffee und Kuchen, Sonja, -und ich melde mich dann bei Dir!"
sagte Johann zu meiner Mutter.

"Mach das bitte. Ich freu mich schon!"
Kam sofort als Antwort.

"Tschüß.",
er winkte uns zu und ging Richtung Ausgang.
Und immer noch begleitete ihn ein seltsam bekannter Geruch, den ich nur nicht zuordnen konnte?

"Ma??? -Was wird das denn?"

"Was?
Darf ich nicht auch ein Privatleben haben!?"

Birgit boxte mich schon wieder.

56 ("Doot-Doot" - Freur)

Die Flamme der Kerze flackerte nur leicht als sich Ma mit einem Glas Wein in der Hand zu mir auf die Terasse setzte.

Es war schon dunkel, aber es war einer dieser Sommerabende an denen man nicht ins Bett wollte.

"Alles gut?" fragte sie.
"Hhm."

Sie spürte dass irgendetwas war. Sonst wäre ich schon auf dem Zimmer bei meiner Musik.
"Wegen Johann, oder?" Sie blickte mich durch den Kerzenschein an.
Ich schaute sie nicht an.

"Geralt.

Versteh mich auch.
Vielleicht hab ich jetzt auch mal wieder die Möglichkeit auszugehen,
Spaß zu haben und etwas zu unternehmen!
Und mich nicht nur mit Problemen, Problemen und Problemen
auseinanderzusetzen!"

"Ach ja, wir sind also nur Probleme für Dich!?"
In dem Moment als ich es ausgesprochen hatte, tat es mir auch schon
wieder leid.

"Nein, seid ihr nicht! Und du weißt das!"
Sie trank einen großen Schluck und lehnte sich zurück.

"Keine Dummheiten!
- Keine Dummheiten, -das haben wir uns gegenseitig versprochen!"
Wieder kullerten ihr Tränen über die Wangen.

"Du wirst keine mehr machen; -und ich fang nicht mehr damit an!
Aber trotzdem ist das Leben noch liebenswert!!! Sowohl für Dich als
auch noch für mich!"

Sie stand auf und liess mich sitzen.

Die Flamme der Kerze flackerte nur leicht als sie wieder ging.

57 ("A modern day Cavalier" - Grey Lady Down)

Ich saß allein zum Frühstück.

Es war bewölkt und laut Wetterbericht sollte es noch zu regnen
beginnen.
Genauso war mir zumute.

Ich hatte meiner Mutter weh getan.
Aus Eifersucht?
Das darfst du nicht.

Das hat sie nicht verdient!
Im Gegenteil.

Ich sollte es wieder gutmachen!!
-Und ich wusste auch schon wie!

Mittwochs war sie oft den ganzen Tag im Heim. Sie schaute nicht nur nach Pa, sondern half dann Schwester Ingeborg mit dem Essen und verteilte nachmittags Kaffee und Kuchen.

Sie war dann immer erst gegen 18Uhr zuhause.
Es blieb mir also genügend Zeit.

Mit dem Rad fuhr ich zum Supermarkt und besorgte alles was ich brauchte. Ich nahm sogar noch eine Flasche Rotwein mit.

Zuhause richtete ich alles her.

Ich hatte noch etwas Zeit bevor ich mit Kochen begann und so rief ich Birgit an.

Sie hörte mir zu als ich von gestern Abend erzählte und sagte dann empört:
"Du Blödmann! Was hast du dir denn gedacht? Da macht deine Mutter alles für euch und Du???"

Ich erzählte ihr sofort was ich als Entschuldigung geplant hatte und sie war Feuer und Flamme.

"Ja, siehste! So gehört sich das!
Und weißt du was, ich komm nachher vorbei und dann helfe ich dir dabei. Ich kann auch noch ein paar Blümchen mitbringen!"

"Gute Idee. Bis dann!"

Es war fast schon halb sieben als sie nach Hause kam.

"Was ist denn hier los?"
Verwundert trat sie in die Küche und schaute sich um.

Wir hatten den Tisch mit dem besten Geschirr eingedeckt und an
jedem Platz stand eine kunstvoll gefaltete Serviette und ein hohes
Rotweinglas.

Auf dem Beistelltisch hatte Birgit die Blumen in eine Vase gesteckt.

"Ma, es tut mir leid wegen gesternabend!" sagte ich kleinlaut zu ihr.

"Und gleichzeitig möchten wir uns bei dir bedanken für alles was du
bisher für uns getan und in Kauf genommen hast!
Danke, Sonja!"
Birgit umarmte und drückte sie.

"Das ist mal eine Überraschung. Weiß noch gar nicht was ich sagen
soll?
Aber, Geralt. Komm her!"
Sie nahm mich in den Arm und flüsterte mir ins Ohr.
"Vergeben und vergessen. Wir müssen jetzt einfach zusammenhalten!
Vielen Dank euch beiden!"

"Da musst du dich etwas mehr bei Birgit bedanken. Es war zwar meine
Idee, aber ohne ihre Koch- und sonstigen Künste hätte ich das nicht so
gekonnt!"

Ich führte sie an den Tisch und zog ihr den Stuhl zurück.
"Bitte nehmen sie Platz, Senorita!"

Birgit kam schon mit dem Wein und schenkte ihr ein.

"Grazie."
Übertrieben elegant setzte sie sich.

"Prego."
Jetzt übertrieben wir es alle, aber wir hatten sichtlich Spaß daran.

"Was gibt es denn feines zu essen?" Neugierig schaute sie zur Anrichte.

"Spaghetti Carbonara mit e uno bisschen selbst geriebene Parmesane." Mein italienisch war fast perfetto! Jetzt wurde Spaß daraus.

Sichtlich amüsiert schöpfte sie sich Spaghetti und Sauce ins Teller und streute den Parmesan darüber.

Wir nahmen ihr gegenüber Platz.

"Buon Appetito", und dann stießen wir alle mit den Gläsern an.

"Das Essen war Benissimo? Bunissimo? -Sehr bueno, auf jeden Fall!" Sie machte den Spaß mit, legte die Gabel beiseite und nahm ihr Weinglas zur Hand. Birgit hatte während des Essens schon zum dritten Mal bei ihr nachgefüllt!

"Ich möchte was loswerden."

Auch wir nahmen unsere Gläser zur Hand.

Sie blickte mich an. Ja, sie hatte schon etwas zu tief ins Glas geschaut. Aber wenn`s ihr gut tat?

"Schimpf mich jetzt nicht wenn ich damit anfange. Aber Johann hatte Recht mit dem was er gestern gesagt hat!"

Verwundert schauten wir sie an.

"Ihr Zwei seid wirklich klasse!"
Unsere Gläser klangen hell beim Anstoßen.
"Ich habe noch nicht fertig!"
Jetzt stand sie auf.
"Ja, hört mir nur gut zu!"

Sie blickte sehr ernst und holte tief Luft.

"Wir werden diesen Scheiß-Wolf in den Arsch treten!!!"

Kurze, überraschte Stille am Tisch.

Dann standen auch wir auf.
In diesem Moment ging die Türe auf und Ralf kam herein.

"Jesses! Was ist denn hier los? Hab ich irgendeinen Geburtstag versäumt?"

"Nein." rief ich ihm entgegen.
"Aber Ma ist auf dem Kriegspfad und gibt grad Parolen aus!"

Sie drehte sich zu ihm um.
"Da ist ja mein Ralfie!"

Er wusste, wenn sie ihn so nannte, dann...!?

59 ("Walkin`in the air" - Nightwish)

"Ich glaub so nen Abend wie gestern hat Ma mal wieder gebraucht!?"
Ralf radelte neben mir her.

Da sie heutefrüh verständlicherweise noch im Bett war, hatten wir ihr einen Zettel auf den Küchentisch gelegt.

"-Sind beim Klettern, -kommen gegen Abend wieder. Küche ist aufgeräumt und Aspirin liegt bereit.
Gruß und Kuß, Ralf und Geralt. -"

Nachdem wir Ma so gegen halbzehn ins Bett gebracht hatten;
-sie hatte noch eine zweite Flasche Wein aus dem Keller geholt-;
nahmen Ralf und ich Birgit in die Mitte und begleiteten sie nach Hause.

Das Wetter sah dann auch wieder besser aus und so beschlossen wir zum Klettern zu gehen.

Tatsächlich schien heute den ganzen Tag wieder die Sonne und die Felsen waren warm und trocken.

Wir tobten uns so richtig aus. Es lief aber auch top und machte riesig Spaß mal wieder die eigenen Grenzen auszuloten.

Am Nachmittag saßen wir ausgepumpt auf dem Gipfel vom Knoblauchfelsen und strahlten mit der Sonne um die Wette.
Ralf wickelte das Seil auf und ich verstaute unsere Karabiner und Expressschlingen im Rucksack.

"Ich hab mir was überlegt."
Ich blickte Ralf an.

"Ich weiß überhaupt nichts von Wolfgang!?
Außer dass er in die gleiche Schule wie ich gegangen ist.
Wer sind seine Eltern?
Hat er Geschwister?
Wo wohnt er?
Ich kenne nur seine Gang und Rudi und sonst niemanden der mit ihm irgendwas zu tun hat!?"

Ralf setzte sich neben mich.
"Stimmt. Ich hab auch noch nichts über ihn erfahren.
Kenne ihn und Rudi bisher nur vom Samstag."

"Ich werde in den nächsten Tagen mal etwas Detektiv spielen!"

"Da bin ich dabei, -Sherlock!"
Da war er wieder. Sein besonderer Humor.

60 ("A trace of blood" - Pain of Salvation)

Freitag.

Um 11Uhr war ich mit Ralf bei Dr. Koppold verabredet.

Mir gings schon lange nicht mehr so gut.
Ich fühlte mich voller Energie und kraftvoll. Mein Körper und meine
Sinne sprühten vor Lebendigkeit.

-Der nächste Vollmond rückte auch immer näher!

"Hey Großer. Sorry für die Verspätung".
Ralf ging an der Anmeldung vorbei und direkt auf mich zu.

"Alles gut. Schön dass du da bist."
Er hatte noch kaum Platz genommen, als ich schon aufgerufen wurde.

"Hallo Geralt. -Ralf."
Er saß wieder hinter seinem Schreibtisch.

"Wie geht`s dir?" fragte er mich und sah von seinen Papieren auf.

"Gut. Fühl mich sehr gut."

"Dachte ich mir!" . Kurze Pause.
"Das kann nicht anders sein. Bei deinen Blutwerten kann das nicht
anders sein!"

Er stand auf, ging um den Schreibtisch und setzte sich vor mich auf die
Tischplatte.

"Geralt. Ich glaub wir brauchen hier nicht mehr um den heißen Brei
herumreden.
So eine Wunde, die ich an deinem Arm gesehen hab, habe ich vor ca.
14 Tagen bei einer Leiche im Wald fast ähnlich gesehen.
Nur am Hals!"
Ich mußte schlucken.

"Die gleichen Viren und Rückstände die ich bei dir gefunden habe,
waren auch in dieser Wunde. Und diese Viren stammen definitiv von
einem Wolf!!"

Er machte eine Pause.

"Kannst du mir dazu irgendwas sagen? Ich weiß auch nicht ob ich das
der Polizei melden soll, oder sogar muß!?"
Er schaute mich durchdringend an.

"Nein."
Ich erwiderte seinen Blick.
"Nein. Ich kann nichts dazu sagen."

Er wusste dass ich was wusste!

"Okay. Verstehe."
Er ging wieder um seinen Schreibtisch und setzte sich.

Jetzt schnaufte er tief durch.

"Und noch was!
So ein außergewöhnliches Blutbild hatte ich schon mal.
Es war mir vor 17 Jahren aufgefallen, als bei der Geburt eines Kindes
die Mutter aus unerklärlichen Gründen verstarb.
Mir fiel es sofort wieder ein und ich suchte mir diese Woche die Akte
wieder raus.
Es war genauso einzigartig wie deins, - nur noch viel ausgeprägter!"

Jetzt schnaufte ich wieder tief durch.

"Also, wenn du mir wirklich nichts mehr zu sagen hast, dann wünsche
ich dir noch vollends gute Besserung. Pass auf dich auf.
Und sag nen Gruß an deine Mutter."

Er packte die Akte zusammen. Ich glaube er war sauer!?
Ich stand schnell auf, -Ralf auch, verabschiedete mich kurz und eilte
mit Ralf und schlechtem Gewissen nach draußen.

"Puh, -das war ja heavy!
Wenn ich jetzt was zu rauchen hätt würd ich mir eine reinziehen!"
Ralf tastete seine Taschen ab.

"Ja, mir geht`s auch so. Zum Glück war Ma nicht dabei!?"

Mir wurde aber auch bewusst dass der Doktor mehr wusste als er preisgab.

Mir war nur nicht klar in welcher Richtung?

61 ("Your Move" - Yes)

Nachdem ich Ma alles berichtet hatte was sie hören wollte, ging ich aufs Zimmer und legte mich mal wieder aufs Bett.

Bei "Your Move" von Yes wippten meine Füße mit und meine Gedanken wanderten zurück zum Gespräch von heutemorgen.

Mir war nicht wohl dabei dass ich Dr. Koppold nicht die Wahrheit sagen konnte.

Gleiche Verletzungen?
Dieselben Viren oder Infektion?

-Alles wies auf Wolfgang hin!

Vor siebzehn Jahren?
Fast identisches Blutbild?
Wer?
Irgendwie und irgendwann kam mir einfach immer wieder Wolfgang in den Sinn!
Gab es eine Verbindung?

Ich stand auf und ging nach unten in die Küche.

"Ma, wir gehen ja morgenabend zur Heimatwoche. Hast du mir noch etwas Geld?"
Sie saß am Tisch und schrieb eine Einkaufsliste.
"Was ist mit deinem Zeugnisgeld?"

"Tja, dein Wein war nicht grad der billigste Fusel!"

Leichte Röte beschlich sie.
"Reichen fünf Mark?"

"Logo und Danke!" Sie hatte mir schon am Donnerstagabend für Samstag grünes Licht gegeben.

Irgendwie war es dieses mal viel leichter das Okay von ihr dafür zu bekommen.

Was ich nicht wusste war, dass sie sich in der Zwischenzeit wieder mit Johann getroffen hatte.
Dieser hatte ihr versprochen ein Auge auf uns zu werfen, da er am Samstag auch zum Rummel ging.
Er hatte auch sie zum mitgehen gefragt, aber das war meiner Mutter dann doch zu früh und momentan auch noch zu viel.

62 ("Rendezvous 6.02" - U.K.)

Samstag.

Den ganzen Tag über döste ich vor mich hin und machte Pläne für meine detektivischen Aufgaben die ich mir ab morgen vorgenommen hatte.
Ich schrieb mir vieles auf und hatte auch für Ralf einiges parat.
Am Nachmittag rief ich Birgit an.
Ich wollte mich vergewissern ob für den Abend alles in Ordnung bei ihr war.

Was dies betraf war ihre Tante relativ gelassen.

Sie wusste nichts von unseren Problemen und so fragte sie nicht viel nach.
Sie wollte lediglich wissen wohin, mit wem und wann sie wieder nach Hause kam?

Easy Going.

Ich wollte sie diesmal nicht abholen und wieder überflüssiges Blah-Blah mit ihrer Tante vermeiden. Und so verabredeten wir uns um viertel vor sechs vorm Kino. Von dort wars nicht mehr weit bis zum Festplatz.

Die Heimatwoche wurde von vier ortsansässigen Vereinen ausgerichtet, und so bekam jeder Verein einen Abend für eine Veranstaltung im Festzelt.

Der heutige wurde vom Box-Ring-Iller veranstaltet. Es war schon Tradition dass am Samstagabend die Boxer aus der Region gegen unsere antraten.

Den Rest des Festplatzes vermietete man an verschiedene Schausteller.

Diesmal war es ein Kinderkarussel, eine große Losbude, eine Schiessbude mit Luftgewehren und den meisten Platz brauchte ein großer Autoscooter, der natürlich der Publikumsmagnet war.
Vor allem für die jungen Leute.

Birgit hatte sich heute besonders in Schale geworfen. Sie trug eine enge Jeans, ein ärmelloses, rotes Rüschentop und hohe Schuhe, die ihre klasse Figur noch mehr zur Geltung brachten. Sie sah zum "Anbeißen" aus!

Sie hakte sich bei mir ein und ich ging stolz neben ihr her.
Wir waren diesmal die ersten und warteten auf der untersten der zwei Holzstufen vom Autoscooter.
Es war noch nicht viel los.

Einige Jüngere saßen in den Scootern und drehten zu lauter Musik ihre Runden.

Sie machten sich einen Riesenspass daraus anderen, vor allem Mädchen, frontal aufzufahren.
Aber darum hieß es ja auch Boxauto!

Oftmals waren die Schausteller Familienbetriebe, die von Ort zu Ort zogen um möglichst viel Geld zu machen und sie kannten sich und hielten in allem zusammen.

Durch einen lauten Sirenenton, der die Musik locker übertönte, wurde eine neue Runde freigegeben. Es lag in eigenem Ermessen des Betreibers zu bestimmen, wie lange so eine Runde dauerte.

Heute Abend kümmerten sich drei Mitarbeiter schnellstens darum, die leeren oder unsauber geparkten Scooter wieder an ihren Platz zu stellen, so dass der Betrieb ohne Störung weitergehen konnte.

Alle drei waren ca. Mitte/Ende zwanzig, groß und durchtrainiert. Aus der Nähe sah man ihnen auch an, dass sie wahrscheinlich keiner Konfrontation aus dem Wege gingen.

Den größten Spaß hatten sie, wenn sie sich von Scooter zu Scooter hangelnd über die Fahrbahn bewegten.
Einer von ihnen kassierte sogar kniend auf der Haube, -während der Fahrt, die Chips ab.
Sie hielten sich dabei an den Stromstangen des Scooters fest.

Meistens suchten sie sich dann hübsche Mädels aus um sich an ihnen abzufangen wenn sie mit Schwung auf die Holzplattform zurücksprangen.

-Ein sehr großer Flirtfaktor.

63 ("Kings and Queens" - 30 Seconds to Mars)

Es dauerte keine viertel Stunde da waren die anderen auch alle da.
Conny mit Berber, Schaufel, Schädel und natürlich auch Fräulein.

Wir hatten einen guten Platz an einem der großen Stützpfeiler vom Dach des Autoscooters.

"Wer hat Lust auf nen Stubendurchgang durchs Zelt?" meldete sich nach kurzer Zeit Fräulein.
Er trat auf den Vorplatz und schaute uns an.

"Okay, ich geh mit."
Die anderen Jungs nickten auch und wir sammelten uns neben Fräulein.
"Wir warten hier auf euch. Keine Lust auf das stickige Zelt!"
sagte Conny, nahm Birgit am Arm und sie streckten uns die Zungen raus.
"Na dann bis dann." sagte Berber und wir schlenderten los.

Die Boxveranstaltung ging erst um 21Uhr los.
Ab 20Uhr wurde das Zelt geräumt und danach musste man Eintritt bezahlen. Jetzt konnte man noch rein und auch noch was Essen und Trinken.

Die Luft war wirklich sehr stickig und in der Mitte des Zeltes war ein großer Boxring aufgebaut.
Die Tische und Bänke waren ringsherum platziert, so dass jeder Gast einen guten Blick auf den Ring hatte.

"Wird wahrscheinlich wieder voll heute abend. So wie jedes Jahr!"
meinte Schaufel zu mir.
"Hhm!"

Es saßen sehr wenig Gäste an den Tischen.

Schädel tänzelte durch die Reihen, vollführte Schattenboxen, jappte links und rechts und gab Laute wie ein Profi von sich.
"Kommt schon, kommt schon!"
stichelte er und tanzte an uns vorbei.
"Pass auf dass du nicht wirklich eine kriegst!"
Schaufel schwang die Faust wie Bud Spencer in seinen Filmen.

Mir fiel eine große Gestalt an einem der Tische auf.

"Mensch Johann. Was machst du denn hier?"

Er sah auf, erkannte mich, stand auf und streckte mir die Hand entgegen.

"Hey, willst Du was,…komm, komm!" wieder tippelte Schädel auf uns zu.
Johann zog den Kopf ein, legte die Hände zu Fäusten geballt links und rechts vor den Kopf und machte den Spaß mit.

"Wer bist du denn?" fragte ihn Schädel und hob ihm dann die flache Hand entgegen.

"Ich bin Johann." entgegnete dieser und klatschte Schädel ab.

"Und? Woher kennt ihr euch?" neugierig schaute er Johann an.

"Das ist unser Busfahrer. Und ein guter Freund meiner Mutter!" antwortete ich ihm.

"Was machst du denn hier?" fragte ich ihn und wir alle setzten uns zu ihm an den Tisch.
Ich sog die Luft durch die Nase, doch diesmal konnte ich außer der stickigen Luft, Pommes und Bier nichts riechen.

"Ich seh nachher meinen Jungs beim Boxen zu."

"Wie? -deinen Jungs?" neugierig sah ich ihn an.
"Ja, ich hab früher auch selbst geboxt. Preisboxen! War sogar mal ganz gut! Aber das ist lange her. Jetzt schau ich ab und zu nur noch beim Training vorbei!"
"Ist ja krass." sagte da Schädel. "Denkst ich hab da auch noch Chancen? Hast ja gesehen was ich draufhab!"
Wieder nahm er die Fäuste hoch und schlug Löcher in die Luft.

Johann grinste ihn an.
"Kannst ja mal zum Training vorbeikommen. Immer Dienstag und Donnerstag."

"Ich nehm dich beim Wort!" grinste Schädel zurück.

Irgendie hatte ich so was oder was ähnliches bei ihm vermutet.
Johann war gutgebaut, groß. Hände wie Bratpfannen.
Klar, -schon etwas älter!
Aber wenn er so vor einem stand dann stellte er schon was dar!
Respekt.

"Hast Lust mit uns raus zu kommen zum Autoscooter?
Birgit ist auch da. Und dann können wir mal ausprobieren ob du
Scooter genauso gut fahren kannst wie deinen Bus!?"
"Danke, vielleicht später. Ich hab grad noch was zu tun!" Sein Blick fiel
auf die noch mehr wie halbvolle Maß Bier vor ihm.

"Lass dirs schmecken!"

Wir standen auf und Schädel konnte es natürlich nicht sein lassen noch
einmal in Boxerpose an ihm vorbei zu gehen.

"Danke Euch!" rief er uns hinterher.

Die Mädels hatten schon auf uns gewartet.

"Schön dass ihr auch mal wieder kommt!" vorwurfsvoll ging Conny
uns an.
"Wir werden hier die ganze Zeit von denen da angemacht."
Ihr Blick fiel auf die drei Helfer, die unverhohlen zu ihnen rüber
grinsten.

"Der eine hat mir sogar an den Hintern gegrapscht!" empörte sich
Birgit und zeigte auf den mit dem Geldbeutel.
Ich schaute ihnen ein paar Minuten zu wie sie ihre Spielchen weiter
trieben und immer wieder zu Birgit und Conny feixten.

"Na dann wollen wir mal."
Bis vor kurzem ging ich jeder Konfrontation diplomatisch aus dem
Wege.
Bis vor kurzem!

Conny und Birgit standen ganz vorne am Pfeiler, als einer der drei wieder mit Schwung heranrauschte.
Elegant schwang er sich vom Scooter um sich zwischen den beiden Mädels abzufangen.

Ich trat entschlossen vor und er prallte an mir ab wie an einer Mauer.
Mit einem dumpfen Stöhnen fiel er auf die Fläche und wurde fast noch von einem Scooter überrollt.

Trotzdem hatte er noch genügend Luft um sofort mit einem scharfen Pfiff seine Kollegen zu alarmieren.

"Geralt!?"
Birgit und Conny waren auf den Festplatz zurückgetreten und auch die Jungs standen jetzt neben ihnen.

Ich blieb oben stehen.
Erst als die beiden anderen ihrem Kollegen zu Hilfe eilten, trat auch ich herunter.
Nach außen wirkte ich gefasst und ruhig.
Doch ich wusste was jetzt kam.
Und ich freute mich darauf!
"Geralt!!", wieder war es Birgit. Doch ich drehte mich nicht um.
Sie kamen auf mich zu.
Der mit dem Geldbeutel im Hosenbund in der Mitte.
Anscheinend ihr Anführer.

"Du!!"
Er kam noch einen weiteren Schritt auf mich zu und seine Kumpane platzierten sich links und rechts von ihm.
Ich wich keinen Zentimeter zurück.

In der Zwischenzeit waren viele auf uns aufmerksam geworden und beobachteten alles in sicherem Abstand.

"Du bist dann wohl der tapfere Ritter Lancelot!
Welche Prinzessin gehört denn zu dir?"

Er blickte dabei zu Conny und Birgit.

"Egal, -ich werd sie mir beide nehmen!"
Er lachte mir ins Gesicht.

Adrenalin, Wut, aber auch das Wissen um meine Stärke stiegen in mir hoch.
Meine Schläfen pochten und die Narben auf meinem Arm leuchteten rot.
Jetzt hatte ich Spaß!

Er trat noch näher und packte mich links und rechts an den Schultern.
Meine Hände griffen sofort nach seinen Handgelenken.

Ich wusste dass meine Augen zu glühen begannen und er blickte direkt hinein.

"Was stimmt denn nicht mit dir!? Du Freak!!!"

"Sag du`s mir!!!"

Doch in diesem Moment wusste ich dass ich verloren hatte!!
Er war knapp einen halben Kopf größer als ich und er roch nach Schweiß.
Seine Stirn war nach oben gezogen und seine Hals- und Nackenmuskulatur zum Äußersten gespannt.
Sein Kopf würde mir auf den Nasenrücken knallen und mir das Jochbein brechen. Das Blut würde mir sofort in die Augen schiessen und....?
Doch soweit kam es nicht.

Von links krachte ihm eine mächtige Faust gegen die Schläfe und er fiel wie vom Blitz getroffen, regungslos zu Boden.

Johann.

Er stand neben mir und massierte sich die Faust.

Fräulein lief plötzlich an uns vorbei und kniete sich neben den am Boden liegenden. Er nestelte an seiner Kleidung und schrie ihn schließlich an:

"Das hast du nun davon, ja genau, das hast du davon. Du, - du Großmaul!!!"
Dann lief er schnell wieder zurück zu Birgit und Conny.

Johann wandte sich an die beiden anderen.

"Der nächste Bitte!"

Ich stellte mich neben ihn und auch Schaufel, Schädel und Berber traten vor.
Fräulein stellte sich in sicherem Abstand schützend vor die Mädels.

Wir blickten die beiden an.

Jetzt waren es plötzlich ein ehemaliger Boxer, ein "Freak" und drei starke Halbstarke gegen die sie standen.
Ihr Anführer lag noch immer regungslos am Boden.
Man sah ihnen an wie sie mit ihren Ansprüchen zurückruderten.

"Am besten kümmert ihr euch schnell um euern Freund und schaut zu dass euer Laden wieder läuft!"
Johann ließ sie nicht aus den Augen als sie sich über ihn beugten.

"Und ihr macht ganz schnell dass ihr verschwindet!"
Dies galt uns.
"Normalerweise halten die ganzen Schausteller bei so was zusammen und wir hatten jetzt schon Ärger und Aufmerksamkeit genug!"
"Und Du?" ich blickte ihn an.

"Ich komm mit euch!"

Wir schauten uns kurz an und liefen dann mit den anderen über den Festplatz zur Straße Richtung Stadtmitte.

Viele Blicke der untätigen "Schaulustigen" verfolgten uns.

Immer wieder drehte sich einer um. Doch es kam niemand hinter uns her.

Neben dem Rathaus gab es eine kleine Kneipe.
"Zum Löwenhof".

Am Samstagabend saßen hier fast immer nur die "Ehemaligen" vom Fußballverein.

Altgediente Legenden des Vereins die sich bei Bier und Zigarre die Geschichten von früher erzählten.

Auch das mußte und sollte sein.

Johann ging voraus.
Am Stammtisch saßen fünf Gäste. Sie drehten sich zu uns und hoben zur Begrüßung kurz die Hände.

"Ah, Hallo Johann, -Jungs!"
Sie kannten uns vom Fußballplatz und schauten uns am Sonntagvormittag bevor sie zum Frühschoppen gingen auch öfters zu.

"Na Johann. Wieviele seid ihr denn heute?" fragte die Wirtin ihn.
"Zu acht!" Ich zählte kurz durch.
"Ich schieb zwei Tische zusammen. Dann habt ihr Platz."

"Danke Rosi." sagte Johann zu ihr. "Keine Umstände! Wir machen das schon."
"Wie immer!" kam von ihr.

"Kennst du sie?",
ich half ihm die Tische zusammenzuschieben.
"Ja, das ist Rosi. Die Wirtin. Wir sitzen hier oft nach dem Boxtraining."

Die Mädels mußten vor lauter Aufregung erst mal zur Toilette und wir setzten uns.

Als sie wieder da waren kam Rosi zu uns an den Tisch.
"Was darf ich euch denn bringen?"
Wir bestellten diesmal alle Bier.

"Ah, -Entschuldigung Fräulein",
mit erhobenem Arm wandte sich jetzt Fräulein an Rosi.

"Bitte bringen sie auch noch an den Stammtisch jedem ein Bier.
Dann noch drei Gaißenmaß für uns und die Rechnung geht auf mich!"
Verwundert blickten wir ihn alle an.

"Hast du im Lotto gewonnen? Oder hat dich Johann auf den Kopf
gehauen?"
Conny sprach es aus, aber jeder von uns hatte so ziemlich den gleichen
Gedanken.

"Nein! Viel besser." Und so leise dass sie es am Stammtisch nicht
hören konnten sagte er:

"Ich hab dem Großmaul den Geldbeutel geklaut!!"

Er zog ihn aus seiner Hosentasche und legte ihn auf den Tisch. Erstmal
war Stille.
Birgit saß neben ihm.
"Fräulein, Fräulein, Fräulein, - du bist mir so ein Früchtchen???"

"Das gibt`s doch nicht." meldete sich da Johann.
"Ich riskier hier Kopf und Kragen für euch und der Wichtel macht hier
einen auf dicke Hose!!!"
Kopfschüttelnd blickte er ihn an.

"Ich zähl mal kurz." Fräulein nahm den Geldbeutel wieder vom Tisch
und machte ihn auf.

In der Zwischenzeit kam Rosi mit den Bieren und einer Schachtel mit
Zigarren.

"Ein kleines Dankeschön vom Stammtisch!" sagte sie.
Wir blickten rüber, bedankten uns und prosteten ihnen zu.

Bei uns wars Tradition dass man eine Maß die jemand ausgab, -egal ob Radler, Laterne oder Gaiß, -anschreien musste.

Ich nahm mir eine Maß, stand auf und hielt sie in die Mitte.

"Das Fräulein, das Fräulein kam geritten,
auf einem Ziegenbock.
Da meinten, da meinten die Rekruten,
es sei der liebe Gott.

Fräulein, Fräulein,
-schenke uns allen dein Himmelswasser ein!
Fräulein, Fräulein,
-lass dich nicht lumpen, schenk ein!!!
Schenk ein!!!
Prost!"

Unter großem Gelächter ließen wir die Flaschen klirren.

Birgit blickte mich verwundert, ungläubig, stolz, aber auch verliebt an.
"Fünfundachtzig!",
rief plötzlich Fräulein.
"Fünfundachtzig Mark und vierzehn Fahrchips!"
Er musste mindestens dreimal neu anfangen zu zählen, da er immer wieder durch neue Trinksprüche unterbrochen wurde.

"Wir dürfen uns aber jetzt auf dem Rummel nicht mehr sehen lassen. Und ich hoffe auch dass ich ihm außer Kopfschmerzen sonst nicht geschadet habe!?"
Besorgnis klang aus Johanns Stimme.

"Wir müssen uns noch bei dir bedanken."
Jetzt stand Conny auf und hielt ihre Flasche hoch.
"Danke Johann. Wer weiß was ohne dich passiert wäre!?"

"Geralt hätte brutal eine aufs Maul bekommen!"
warf jetzt Schaufel ein.
"Was war denn plötzlich mit dir los? So kenn ich dich ja gar nicht?"

Ja, ich kannte mich so auch nicht!
Und ich wollte auch mit niemandem von ihnen darüber reden.
"Keine Ahnung!"
Ich musste wieder lügen.
Ich konnte ihnen doch die Wahrheit nicht erzählen?
"Und, tut mir leid wenn ich euch den Abend versaut habe.
Und, und -danke Johann für deine Hilfe!"

"Mensch Wuchty! Lass gut sein!
Soviel Nervenkitzel, Abenteuer und Spaß hatten wir doch schon lange
nicht mehr!
Und wer weiß was heute noch alles wird!
Und reich sind wir auch!!!
Halleluja!"

Ja, wer weiß.
Und wenn Schädel erst einmal in Fahrt war?

Er schnappte sich die Schachtel mit den Zigarren, zündete sich ganz
professionell eine an, inhalierte tief und blickte in die Runde.
"So, -und jetzt werden aus Wichtel Männer gemacht!"
Er reichte die Schachtel weiter und jeder nahm sich eine.

Fräulein bestellte bei Rosi eine weitere Runde. Die Mädels tranken
eifrig mit und so langsam gewannen Alkohol und Nikotin die
Oberhand.

Ständig wechselten die Plätze und es wurde immer lustiger.

Jetzt saß mir Conny mit Johann gegenüber und ich konnte hören wie
sie ihn fragte.
"Sag mal Johann, - gibt es denn auch eine Frau Johann?"

"Schatz", sagte er zu ihr.
"Du bist doch viel zu jung für mich und außerdem hast du nen tollen
Freund!"

"Danke,ja, -aber jetzt im Ernst. Gibt`s da jemanden?"

Seine Stimme wurde leiser als er ihr antwortete. Aber ich konnte es hören.

"Es gab jemanden."
Er machte eine Pause.
" -Aber sie ist bei der Geburt meines Sohnes vor 17 Jahren gestorben und seitdem bin ich alleine."

Conny legte den Arm um ihn.

"Du Armer! Das tut mir leid! Lass dich drücken! Bist ein guter Kerl!"
Dann griff sie nach ihrer Flasche und stieß mit ihm an.

"Ich kann dich glaub ganz gut leiden!"

"Ja, ich euch auch!" sagte Johann und trank seine Flasche leer.

Meine Sinne waren nicht mehr so ganz klar, aber hören und riechen konnte ich noch gut.
Alles kitzelte in meiner Nase.
Alkohol, Nikotin, Schweiß, Parfüm und wieder der Geruch den ich nicht zuordnen konnte.

Irgendwann saß auch ich neben Johann.

"Jetzt konntest du wegen mir deine Jungs nicht sehen?"

"Die schaffen das auch ohne mich. Du hast meine Hilfe heute gebraucht und ich habs versprochen!"

"Versprochen!? Wem?"

Ich zog die Augenbrauen hoch und wurde aufmerksamer.

"Deiner Mutter!"
"Ich hab ihr versprochen heute abend auf dich aufzupassen!"

"Wann?" Ernst blickte ich ihn an.

"Am Donnerstag. Als du mit Ralf beim Klettern warst haben wir uns zum Kaffee getroffen."

Ich schnaufte aufgebracht durch die Nase.
Da war er wieder!
Der bekannte und doch unbekannte Geruch.

"Ach ja, und jetzt glaubst du, -du musst, du darfst und kannst dich überall einmischen?"
Meine Stimme bekam einen scharfen Unterton und ich rutschte etwas zur Seite.

"Geralt."
Er wollte mir seine Hand auf die Schulter legen.
"Nein, nein so ist es nicht."

Und plötzlich wusste ich es.
Animalisch! Ja, animalisch, das war der unbekannte Geruch.
Und er strömte von ihm aus.

Und ich kannte ihn nur zu gut!

Erschrocken stand ich auf.

"Nein!"

Es war als hätte mir jemand einen Hammer auf den Kopf geschlagen.
Jetzt konnte ich auch trotz des Alkohols Eins und Eins zusammenzählen.

"Nein! Nein, Nein! Jesus, das kann doch jetzt nicht sein!"
sagte ich mit Abstand zu ihm.

"Geralt, was ist denn? Du bist ja ganz blass!"
Birgit saß neben Schaufel und blickte mich erschrocken an.

Ich ging rückwärts um die Tische und blickte immer noch Johann an.

"Nein!" schrie ich nochmals von der Türe.

"Was ist denn mit Wuchty los? Man könnte meinen er hat einen Geist gesehen? Dabei sieht er selber aus wie Einer!"

Schädel und Birgit riefen mir noch hinterher.
Ich ließ sie alle sitzen, drehte mich um und ging!

65 ("What if God is alone?" - Romanov)

Ich nahm wieder die Abkürzung hinterm Kino und im Laufschritt rannte ich am Pflegeheim vorbei.

Die hellen, bunten Lichter des Autoscooters waren weit zu sehen und auch die Musik schallte über die Felder und hallte von den Hochhäusern wider.
Das Übermaß an Alkohol, Nikotin und jetzt noch frischer Luft verlangten ihren Tribut.
Ich übergab mich auf den Feldweg.

Nach ein paar Versuchen schaffte ich es den Schlüssel ins Schloß zu stecken und machte die Haustüre auf.

"Na du bist aber heute früh dran! Es ist noch nicht mal zehn!?"

"Hhm. Ja, ich bin betrunken!"
Das war vorerst meine Ausrede, aber auch ein Teil Wahrheit.

"Ja, man riechts und siehts. Du bist käseweiß und dein Hemd hat auch was abbekommen!"
Mit wissendem Nicken blickte sie auf die braun-rötlichen Schlieren auf meinem Hemd.
"Da werden wir wohl morgen noch ein Wörtchen darüber reden müssen!
Und mit einem anderen Herren dann auch!"

Ja, da hatte sie wohl recht!

Soweit konnte ich ihr noch folgen, - und da würde ich auch mehr wie ein Wörtchen mitreden!

Aber jetzt war ich dazu nicht mehr in der Verfassung.

Momentan fuhr ich sehr schnell Karussel, lief die Treppe hoch ins Badezimmer und übergab mich wieder.

Sie kam hinter mir her und half mir aus dem Hemd.

Ohne mich weiter auszuziehen ging ich nach oben, schmiss mich ins Bett und fiel in einen fast ohnmächtigen Schlaf.

Ich bekam nicht mal mehr mit dass gegen elf Uhr das Telefon läutete und Birgit nach mir fragte.

66 ("Questions" - Manfred Mann)

Langsam richtete ich mich auf. Es lag ein widerlicher Geruch im Zimmer.

Ich ging zum Dachfenster und schob es weit auf.

Die frische warme Luft tat gut.

Ich setzte mich wieder aufs Bett und sortierte mich.

Meine ersten Gedanken waren, dass es ein Traum war?

Aber ich hatte meine Jeans noch an. Und so wie sich mein Kopf und mein Magen anfühlten war es dann doch keiner.

Das Telefon läutete.

Ich blickte auf meine Armbahnduhr die neben dem Bett auf dem Boden lag. Ich hatte sie selten an.

Halb zwölf.

Es läutete immer noch.

"Ma?" rief ich laut.

Es hatte aufgehört.

Ich nahm mir ein T-Shirt aus dem Schrank und ging nach unten.

Niemand da.

Auf dem Küchentisch stand eine Thermoskanne, daneben lag eine Schachtel Aspirin und ein Zettel.

" - Bin in der Kirche, danach bei Pa. Komme am Nachmittag wieder.
Kaffee ist in der Kanne und Aspirin liegt bereit!
P.s: -Birgit hat angerufen. Du sollst dich bei ihr melden wenn du wieder nüchtern bist!"
Darunter hatte sie einen kleinen Smiley gemalt!

Jetzt nahm ich mir erstmal eine große Tasse und schenkte mir einen Kaffee ein. Er duftete herrlich.

Doch sofort fiel mir der Geruch von Johann wieder ein und auch was sonst noch alles passierte!

67 ("The Hunter" - GTR)

"Hey Schöne! Tut mir leid wegen gestern!"

Das war ehrlich gemeint und ihr gegenüber tat es mir auch wirklich leid!

"Du hast mir ja nen schönen Schrecken eingejagt! Was war denn?"

Ich erzählte ihr das gleiche wie meiner Mutter und nahm den Alkohol als Ausrede.

Ich wollte sie nicht zusätzlich beunruhigen.

Aber ich war nicht sicher dass sie mir dies abkaufte?

"Conny, Berber und Schaufel haben mich nach Hause begleitet. Alleine hatte ich zuviel Angst!"

Auf die Clique konnte man sich halt verlassen.

"Da haben die ja was gut bei mir!"
Mehr fiel mir dazu nicht ein.

"Und ich?", trompete sie da los.
"Du lässt mich einfach so allein und kommst mir dann mit irgendeiner billigen Ausrede!!!"
Jetzt war sie richtig sauer und legte auf.
"Hhm!"

Okay, anscheinend musste ich bei ihr auch was gutmachen!?

Ich ging zurück in die Küche.

Die Aspirin wirkte schnell und ich konnte wieder klar denken.
Das musste ich jetzt auch.
Nachher kommt Ma und ich bin mal gespannt wie sie darauf reagieren wird, wenn ich ihr alles erzähle.

Es war kurz vor halbdrei als sie zur Türe reinkam.
Mit meinem Notizblock saß ich am Tisch und wartete auf sie.

"Machst du Hausaufgaben?", interessiert schaute sie auf den Block.
"Kann man so sagen!", erwiderte ich kurz.

Sie räumte ihre Handtasche weg und setzte sich zu mir.
"Wie geht`s?"

"Kommt drauf an?"

"Auf was?"

Ich blickte sie an.

"Vom Alkohol und Körperlichem her wieder gut, -vom psychischen und dem was jetzt kommt schlecht!"

Sie legte die Stirn in Falten und ich konnte das Fragezeichen dahinter erkennen.

"Ma, -Ralf und ich wir waren nicht ganz ehrlich zu Dir. Aber auch Dr. Koppold hat dir nicht die ganze Wahrheit erzählt!
Er wollte dich nicht noch zusätzlich beunruhigen."

Sie legte ihren Kopf auf die gefalteten Hände, stützte sich mit den Ellbogen am Tisch ab und blickte mich an.
"Raus damit. Erzähl mir alles.
Wir sollten auch mit den Geheimnissen voreinander aufhören!"

Ihr von den Gesprächen mit Dr. Koppold, seinen Vermutungen und den Tatsachen zu erzählen fiel mir leicht.
Schwieriger wurde es jetzt ihr meine Zusammenhänge und Schlussfolgerungen über Johann zu erläutern.
Ich erzählte ihr alles über den gestrigen Abend und auch warum ich wirklich so überstürzt nach Hause kam.

Wir saßen eine ganze Weile schweigend da und blickten uns nur an.

"Ja, mag sein. Das macht schon Sinn was du sagst!"

Damit hätte ich jetzt nicht gerechnet.

"Und Ma, -glaub mir, je näher es zum Vollmond kommt, umso mehr kann ich mich auf meine Sinne verlassen!"

Sie schüttelte leicht den Kopf, so als wolle sie das alles nicht wahrhaben.

"Ich bin mir sicher, er ist Wolfgangs Vater! Und er benutzt dich um damit an mich heranzukommen!?"
Ich hatte es ausgesprochen.

"Was Birgit und Rudi nicht geschafft haben, versucht jetzt er!"

Und diese Vermutung war für mich offensichtlich.

Jetzt vergrub sie ihr Gesicht in ihren Händen.
"Lass mich bitte alleine!"

Ich hatte noch etwas vor an diesem Nachmittag und zog mir meine Sportschuhe an.
Mutter saß auf der Terasse und rauchte. Vor ihr ein volles Glas Wein.
Die Flasche stand daneben.
Traurig schaute sie mich an als ich mein Rad aus dem Keller schob.

"Wo willst Du hin?"
"Ich dreh noch ein paar Runden. Vielleicht fahr ich noch bei Schaufel vorbei!"
Wieder war es nicht die ganze Wahrheit.
"Gut, versprich mir dass du da bist bevor`s dunkel wird!"

"Versprochen!"
Ich schwang mich in den Sattel und radelte los.

Die Bushaltestelle war an der Querstrasse zu den Hochhäusern und ich lehnte mein Rad ans kleine Bushäuschen. Am Aushang hing der Fahrplan.

"Also, ich bin hier.
Haltestelle Senden-Süd. Danach Senden-Nord und dann Richtung Wullenstetten. Ziel -Vöhringen/Realschule!"

Wolfgang und seine Gang saßen immer schon im Bus wenn er hier hält. Von wo kam er also her?

Mein Blick fiel auf die Haltestellen und die Zeiten. Es waren noch zwei Zustiege vor dieser.

7.28Uhr Senden-Süd
7.22Uhr Freudenegg
7.17Uhr Gerlenhofen-Friedhof

In Gedanken fuhr ich die Route nach.

Okay, dann wollen wir mal.

Für mich war jetzt klar, dass ich meine Suche in Gerlenhofen beginnen musste.
Über den Kirchweg am Bahndamm entlang warens mit dem Rad auch kaum mehr als zehn Minuten.

68 ("Eyes of a Stranger" - Queensryche)

Vom Bahndamm rechts an der Kirche vorbei bog ich auf die Hauptstraße nach Gerlenhofen ein. Es war im Vergleich zu Senden ein kleiner Ort.
Linkerhand der Straße war der Friedhof und danach eine Parkbucht.
An der Straßenlaterne war das Schild der Bushaltestelle angebracht.

Weiter Richtung Ortsmitte.
Es folgten ein paar alte Bauernhäuser und dann, auch wieder links ein Betongebäude mit angrenzendem Parkplatz.
Es war das Feuerwehrhaus.

Ich war schon fast daran vorbei, da sah ich ihn.

Direkt an der Mauer vom Gebäude, jetzt im Schatten stehend, stand der Schulbus.

Die Liniennummer war vorne an der Scheibe angebracht.
Es war Johanns Bus.

Jetzt fühlte ich mich wirklich als Detektiv.

Und weiter? Wohnten sie hier, -oder fuhren sie vielleicht morgens mit dem Auto zu diesem Parkplatz um dann umzusteigen?

"Hhm!?",
ich konnte mir diese Frage nicht beantworten.

Vielleicht sollte ich mit Ralf zusammen die Straßen einmal abfahren?

Die Hauptstraße machte jetzt einen scharfen Knick nach links und geradeaus gings direkt auf einen kleinen Bahnübergang zu.
Davor konnte man rechts abbiegen und man war wieder auf der Straße am Bahndamm.

Die Grundstücke zur Bahn hatten hohe Hecken als Lärm- und Sichtschutz vor ihren Gärten und Häusern.
In manchen Gärten wurde gegrillt, es roch nach verkohlten Würstchen und Fleisch.
Auch der ein- und andere Gesprächsfetzen drang an meine Ohren.

Ich war nicht schnell unterwegs, sondern versuchte immer wieder an lichten Stellen der Hecke einen Blick auf das dahinter zu erhaschen.

"Pass doch auf, du Arsch!"
Sofort bremste ich.
Die Stimme war mir wohl bekannt und ich spitzte die Ohren.

"Jedesmal die gleiche Scheiße. Kannst du nicht einmal ein Bier aufmachen ohne Sauerei?"

Rudi!

Leise stieg ich vom Rad und lehnte es an die Hecke.
Von hier konnte ich nichts sehen, aber ein Stück weiter vorne war das Gartentor. Von dort konnte man den Garten einsehen.
Trotz der hohen Hecke lief ich gebückt nach vorne.

Ich vergewisserte mich kurz dass niemand links und rechts am Bahndamm unterwegs war und schaute vorsichtig um die Hecke.

Bis zu dem kleinen Häuschen waren es vielleicht fünfzehn Meter. Die Tür zur kleinen Terrasse war offen und ein leichter Vorhang verhinderte den Blick nach drinnen.

Der Rasen davor war nicht sehr gepflegt. In der Mitte davon waren mehrere Plastikstühle und ein Tisch.

Auf diesem standen einige Flaschen Bier.
Auf zwei der Stühle saßen Wolf-Dieter und Wolfram.

Neben ihnen Rudi und der wischte sich die Hosenbeine ab.
"Das ist bestes Leder. Wenn das Flecken gibt mach ich dir auch welche!" sagte er zu einem der beiden und hob die Faust.

"Reg dich ab. Da sind bestimmt schon andere Flecken drin!"
Wolfram hob die Hand und Wolf-Dieter klatschte sie lachend ab.
Sie waren alle wieder in schwarz gekleidet.

Der Vorhang bewegte sich und Wolfgang trat ins freie.
Er hatte nur eine Jeans an und war barfuss. Eine schwarze Sonnenbrille steckte in seinen Haaren.

Ich drückte mich noch näher an die Hecke. Ich wollte nicht gesehen werden.

Er sog die Luft ein, liess sich in einen Stuhl fallen und griff sich eine Flasche.
Mit den Zähnen öffnete er den Verschluß und spuckte ihn ins Gras.
Dann setzte er die Brille auf und streckte sich.

"Ich kann dich riechen!"
Und wieder sog er die Luft ein.

"Ich war`s nicht. Wahrscheinlich Wolfram."
Wolf-Dieter zeigte auf ihn.

"Seid ruhig."
Wolfgang stand auf.

"Ich rieche dich.
Komm raus aus deinem Versteck!"
Das galt mir.
Er schaute in meine Richtung und seine Jungs momentan nur blöd.

Ich stand auf, ging um die Hecke und trat durchs Gartentor.

Erstaunt sprangen Wolfram und Wolf-Dieter auf und liefen auf mich zu. Rudi blieb sitzen und blitzte mich feindselig an.
"Lasst ihn!" knurrte Wolfgang und sofort traten sie wieder zurück.

"Setz dich."
sagte er zu mir und zeigte auf einen freien Stuhl. Auch die anderen setzten sich wieder an den Tisch.

"Bier?"
Ich nickte.
Tut mir vielleicht nicht gut, aber ich wollte jetzt keine Schwäche zeigen.

"Hab doch gewusst dass du zu mir kommen wirst!"
Er reichte mir eine Flasche und auch ich machte sie mit den Zähnen auf.
"Nicht darum weshalb du glaubst!"

"Sondern?"

"Ich will mehr über dich erfahren."
Der erste Schluck Bier schmeckte gräßlich.

"Warum?"

"Vielleicht gibt`s ja noch Hoffnung für dich!"
Jetzt provozierte ich ihn.
Er nahm die Sonnenbrille ab und blickte mich an.

"Was stimmt nicht mit dir?"
Sein Blick wurde fordernder und seine Stimmlage veränderte sich.

"Warum wehrst du dich dagegen? Hör mir gut zu!"
Er nahm noch einen großen Schluck und stand auf.

"Ich wurde schon als Alphawolf geboren. Ich wurde nicht gebissen. Nennen wir es Schicksal!?
Schon von klein auf war ich überall der Stärkste. Hatte das Sagen!
Im Kindergarten. In der Schule. Hier!

Schau sie dir doch an."

Er ging langsam um den Tisch herum und deutete auf seine Kumpane.

"Sie tun was ich ihnen sage!
Ja, sie würden sogar für mich töten!"
Stimmt.
Bewundernd sahen sie zu ihm auf. Sie hatten keine Ahnung wohin
unser Gespräch führte.

"Du hast getötet!"
Provokation. Anklage.

"Ja, hab ich!
Und ich werde es auch wieder tun!!!"
Entschlossenheit. Gier.

Seine Augen glühten wieder als er vor mir stehen blieb und auf mich
herabblickte.
Er faszinierte mich.

Leise, aber mit einer unwahrscheinlichen Intensität und Arroganz
flüsterte er mir zu:

"Ich werde dir alles nehmen was du liebst!!"
Es war jetzt so als wäre er in meinem Gehirn.

"Du kannst es nur aufhalten, indem du zu dem wirst was du so sehr
fürchtest!!!"

"Niemals!!!",
flüsterte ich zurück und stand auch auf.

Nase an Nase sahen wir uns jetzt in die Augen.
Es war kein Beschnuppern mehr!

"Wolfgang!?
Lass ihn!"
Johann kam über den Rasen gelaufen.

-Gewissheit!

Energisch stellte er sich zwischen uns und feixte Wolfgang an.

"Lass ihn in Ruhe und setz dich wieder!"
Mit seinem massigen Körper drückte er Wolfgang auf den Stuhl.
"Und du gehst jetzt besser!"

Das galt mir und in seinem Blick erkannte ich dass er es sehr ernst
meinte. Und ganz leise schob er hinterher:

"Schnell, -ich kann nicht sagen ob ich ihn noch lange kontrollieren
kann?"
Auch seine drei Jungs sahen so aus als ob sie nur auf ein Kommando
von ihm warteten.

Ich nickte ihm zu und drehte mich um.

"Bald, Geralt!
-Ganz bald wird es soweit sein! Und jetzt bist du selber dran schuld!",
rief mir Wolfgang hinterher.

Johann hielt ihn auf dem Stuhl, aber seine Blicke verfolgten mich bis
hinter die Hecke.
Ich schnappte mein Rad und fuhr los.

69   ("Who want`s to live forever?" - Queen)

Ich hatte keine Angst.
Im Gegenteil.
Es war sogar irgendwie Bewunderung!

Trotzdem wollte und durfte ich nicht so werden!?

Ma saß in der Küche als ich vom Keller hochkam.
"Und, warst bei Schaufel?"

"Nein, bei Wolfgang!"
Keine Geheimnisse.

"Bitte? Wo?"
"Ich war bei Wolfgang. Ich hab ihn gesucht und gefunden!"

Wieder erzählte ich ihr alles. Auch von Johann und seinem Verhalten.
Vielleicht täuschte ich mich in ihm.

"Keine Dummheiten!
Wir haben gesagt dass wir keine Dummheiten mehr machen!"
Es sprach mal wieder die Sorge aus ihr.

"Ich weiß. Aber ich musste es tun.
Ich brauchte Gewissheit! Und die hab ich bekommen.
Nicht nur für das was Johann betraf. Da war ich mir auch schon vorher sicher.
Sondern für das was kommen wird!!!"

Sie zog die Augenbrauen hoch.
"Was heißt das?"

"Ma, -jetzt mal ganz außen vor was mit mir passieren wird!?
Aber Wolfgang wird seine Drohungen wahrmachen!
Johann hat gesagt er weiß nicht wie lange er ihn noch kontrollieren kann?
Ich werde mich Wolfgang stellen müssen.
Vielleicht kann ich ihn aufhalten!?"

"Das kannst du und wirst du nicht!
Du wirst dabei sterben!!!"
Verzweiflung.

"Wenn ich es nicht mache, werden Unschuldige sterben!!!"
Realität.

Es läutete an der Türe.
Wir standen beide auf und öffneten.

Johann.
"Was willst du denn hier?",
meine Mutter winkte ihn rein.
"Ich muß mit dir reden, Sonja."
Wir gingen zurück in die Küche,

"Ich weiß was ihr von mir denkt. Ich hätte es euch sagen müssen!
Geralt, er ist gefährlich und hat das erstemal getötet. Er wird es beim
nächsten Mond wieder tun!
Ich wollte ihn aufhalten, aber ich kann es nicht mehr. Er ist zu stark in
seinem Zwang und seiner Gier!"

Er blickte uns verzweifelt an.
"Aber, -er ist immer noch mein Sohn!!!"

Die Spannung zwischen meiner Mutter und mir war weg und sie
blickte Johann mitfühlend an.
Ich spürte dass ich jetzt fehl am Platze war.
"Ich geh dann mal nach oben."

"Wir reden morgenfrüh."
Sie streifte meinen Arm.

"Danke!" sagte ich zu Johann im vorbeigehen und er nickte mir zu.

Ich legte mich ins Bett und versuchte das vergangene zu ordnen, zu
verstehen und vorauszuschauen!?
Und irgendwann schlief ich dann doch ein.

70 ("The hanging tree" - Arena)

Der Drang nach Bewegung war so stark, dass ich mir meine
Laufschuhe anzog und losjoggte.
Es war noch sehr früh am Morgen.

Gleichmäßig setzte ich einen Fuß vor den anderen.

Meine Arme und Beine bewegten sich im Rhythmus.
Ich nahm alles in mir auf.
Auf der Haut meiner Arme und Beine spürte ich die Wärme der Sonne
und den leichten Hauch des Windes.
Meine Haare wippten mit dem Rhythmus der Bewegung.
Licht und Schatten wechselten in meinen Augen, wann immer die
Sonne durch die Baumwipfel drang.
Vielerlei Gerüche drangen mit allen Nuancen in meine Nase und die
Vögel und Insekten des Waldes sangen ihr Lied für mich.

Meine Laufstrecke führte ein Stück an der Iller entlang, dann kreuzte
ich den Trimm-Dich-Pfad bevor es auf eine Lichtung am Waldsee ging.
Von dort am Sportplatz vorbei wieder zurück.

Es lief gut heute früh und ich hatte den Wind im Rücken.

Ich kam über einen kleinen Pfad auf die Lichtung und wollte zwischen
einer Baumreihe zum Waldsee laufen.

Doch wie von einer Tarantel gestochen blieb ich stehen!

Eine männliche Person war an einen der größeren Bäume gefesselt!

Der süße Geruch von Blut erfüllte jetzt meine Nase und das laute
Summen von unzähligen Fliegenschwärmen übertönte das
morgendliche Singen der Waldvögel.

Langsam trat ich näher und erkannte ihn.
Es war Ralf!!!

Sein Kopf mit den hellblonden, strähnigen Haaren hing schwer auf
seine Brust, umgeben von einer dunklen Wolke aus Fliegen.

Aus zwei klaffenden Wunden links und rechts am Hals war das Blut in
Kaskaden über das blaue Jeanshemd und seine Hose gelaufen. Der
Fluß des Blutes endete erst am Fuße des Baumes und färbte seine
Schuhe und das Erdreich dunkel.
Ein dickes Seil war in mehreren Windungen um ihn und um den
starken Stamm gewickelt.

Er hatte keine Chance!

Zitternd nahm ich seinen Kopf in beide Hände und hob ihn an.

"Ralf!?
Ralf! Das, -das darf nicht sein!
Rede mit mir!
Ralf???"

Seine blauen Augen waren offen.

"He, Großer!
Wach auf. Ich bin ja da!"

Er stand in Unterhemd und Unterhose über mir gebeugt, blickte mich an und ich hielt seinen Kopf mit beiden Händen.
"Mann, Gerald. Du hast geträumt!"

Ich setzte mich auf.
"Puh, bin ich froh!"
Doch so ganz war ich noch nicht in der Realität angekommen.
"Die Träume werden immer heftiger!"

"Erzähls mir!" forderte Ralf und er setzte sich zu mir aufs Bett.

"Gleich. Wie spät ists denn?"

"Halbvier."
Ich ging kurz ins Badezimmer und machte mich etwas frisch.

Jetzt saß er in Jogginghose im Sessel.

"Geht`s wieder?"
"Ja passt."

Ich erzählte ihm alles was in den letzten beiden Tagen passiert war und auch meinen Traum.
"Ganz schön heavy!
Ich hab Johann noch kennengelernt.

Er war mit Ma in der Küche als ich heimgekommen bin.
Hab mir danach auch so meine Gedanken gemacht und es ist schon komisch wie sich ein Kreis so langsam schliesst!?
Aber er macht einen ehrlichen Eindruck auf mich, auch wenn er sein Geheimnis lange gehütet hat!
Aber wer von uns würde es an seiner Stelle anders machen?"

"Hhm!", ich nickte zustimmend.
"Und Ma mag ihn!"

Jetzt nickte Ralf.
"Lass uns schlafen und morgen mit Ma darüber reden."

"Ich kann jetzt nicht mehr schlafen. Und wenn, dann träum ich wieder irgendeinen Scheiß!"

"Oh, da kann ich helfen!"
Ralf stand auf und kramte seinen Tabakbeutel aus der Jeans.

"Sag Hallo zu einem Freund.
Selbstgebastelt!"

Er hielt mir einen Joint entgegen und schob das Dachfenster auf.
"Hilft bei fast allem!?"

Es dauerte nicht lange und alle Ängste, Probleme und Sorgen waren weit, weit weg.

Aber die Albträume schienen mir zu bleiben?

Doch diesmal träumte ich von Aschenbechern!

Aus jeder Richtung flogen bunte Aschenbecher auf mich zu und um mich herum!

Muss man nicht verstehen???

71 ("Miss you" - Blink 182)

"Geralt, du hast morgen Geburtstag."

Ma blickte mich an und wandte sich dann an Ralf.
"Ich möchte euch morgen alle gerne zum Essen einladen. Mit Heike
und Birgit. Und Johann wird auch kommen.
Außerdem ist Vollmond und da hab ich euch gern um mich!"

"Hälst du das für eine gute Idee?" fragte ich sie.
"Wir wissen nicht was mit mir wird? Und soviel Aufpasser brauch ich
nun auch wieder nicht!"

"Das werden wir ja dann sehen! Und ich werde vorbereitet sein!"

Ganz schön mutig dachte ich bei mir. Doch irgendwie konnte ich sie
auch verstehen.

Aber, ich selber fühlte mich momentan sehr gut und stark.
Vielleicht sollte ich mir nicht so viele Gedanken machen was wenn und
wann, sondern mich noch mehr aufs hier und jetzt beschränken?

Doch, hier und jetzt sollte ich mich erstmal bei Birgit melden!

Sie war nicht mehr sauer und freute sich auf die Einladung.

Auch ihr erzählte ich alles von gestern.

"Wir holen dich zusammen ab. Meine Mutter hat bei Angelo einen
großen Tisch bestellt und wir gehen alle zu Fuß hin."

"Da freu ich mich sehr drauf und ich hab auch ne Überraschung für
dich!"

"Na das hoffe ich ja auch!
Du weißt aber schon dass morgen Vollmond ist?"
Ich machte eine Pause.

"Ich werde mich verwandeln und dich dann in deinen süßen Hintern beißen!
Dann gehörst du für mir immer zu mir!?"

Ich war selber erstaunt über das was ich zu ihr gesagt hatte.
Doch ihre Antwort verblüffte mich noch mehr.

"Ja, hoffentlich machst du das!?!"

72 ("Making movies in Hollywood" - Ines Project)

Pünktlich wie immer holten wir Birgit ab.

Jeder hatte sich etwas in Schale geworfen.
Birgit trug ein schwarz-weiß getüpfeltes Sommerkleid, das leicht um ihre Hüften schwang.

Sie begrüßte zuerst alle und nahm mich dann fest in den Arm.

"Herzlichen Glückwunsch!
Wünsche dir alles, alles Gute!"
Ihre Lippen schmeckten nach Erdbeeren und sie fühlte sich wunderbar an.

Ma ging neben Johann her.
Sie trug ein elegantes grau-blaues Kostüm und dazu eine perfekt kombinierte, aber viel zu große Handtasche.
Johann passte in seinem leichten, hellblauen Leinenanzug sehr gut neben sie.
Ich musste kurz an Pa denken.

Ralf und Heike kamen beide in Jeans, er mit weißem Hemd und sie mit weißer Bluse.
"Eine perfekte Inszenierung!",
dachte ich bei mir und eine Welle der Vorahnung durchflutete mich.
Kein Hollywood-Regisseur konnte es besser.

Es fehlte nur noch der Vollmond am Abendhimmel und die
Vorstellung könnte beginnen!?

-Und ja, der Vorhang würde aufgehen!
Ich konnte es schon spüren und eine innere Unruhe machte sich in mir
breit!

73 ("You`re not alone" - Saga)

Wir hatten einen schönen Tisch unter einem Kastanienbaum im
Biergarten.
Die großen Terrassentüren waren auf und Angelo lief zwischen den
Tischen umher und kümmerte sich um die Gäste und deren
Bestellungen.

Mit gezücktem Block trat er zu uns an den Tisch.
"Buona Sera, Sonja.", begrüßte er meine Mutter.
"Was darf ich euch bringen?"

"Hallo Angelo. Bring uns bitte zwei Flaschen von deinem roten
Hauswein und fünf Gläser dazu. Zwei große Flaschen Wasser und ein
großes Bier."
Das war für Johann.

"Und Essen wie besprochen!"
"Bene. Grazie Sonja."
"Prego! Angelo."
Na dann konnte der Abend ja beginnen.

Ma erhob ihr Glas und blickte in die Runde.
"Schön dass ihr heute abend alle da seid!
Geralt, ich wünsche dir nochmals alles Gute zu deinem Geburstag.
Und, -gemeinsam stellen wir uns dem was da kommt!"

"Genauso ist es!" sagte Ralf.
Wir stießen miteinander an.

"Und jetzt gibt`s Geschenke."
Ma kramte kurz in ihrer Handtasche und zog dann ein kleines, längliches Schmuckkästchen heraus.
Sie reichte es mir rüber und ich öffnete es langsam.

"Wow, wie geil!"
An einer feingliedrigen silbernen Kette war ein stilvolles Amulett befestigt.
Mit etwas Fantasie konnte man einen Wolf darin erkennen.
Auf jeden Fall war es sehr schön und auffällig.

"Es ist ein Unikat. Ich hab`s nur für dich anfertigen lassen."
"Vielen Dank, Ma!"
Ich nahm es hoch und legte es mir um den Hals.

"Noch nie war er so wertvoll wie heute!!!" -Ralf.
Er stand auf und gab mir einen Umschlag.
"Von Heike und mir. Viel Spaß damit!"

Es waren zwei Eintrittskarten für die "Burstin`Out" Tour von Jethro Tull im September in Augsburg.

"Ich danke euch. Da muss ich mir bis dahin nur noch überlegen wen ich dazu wohl mitnehme?"

Mein Blick fiel auf Birgit. Die boxte mich dafür mal wieder!

"Ich hab was ganz besonderes für dich."
Sie flüsterte mir aus nächster Nähe ins Ohr, dass niemand sonst es hören konnte.
"Das kann ich dir hier aber nicht geben!?
Es wäre Erregung öffentliches Ärgernisses!!!"

Leichte Röte stieg mir ins Gesicht und meine Mutter grinste mich wissentlich an.
Jetzt stand noch Johann auf und sagte:
"Gerald, ich hab leider kein Geschenk für dich.
Im Gegenteil, es ist ein Geschenk für mich diesen Abend mit euch zu verbringen. Vielen Dank dafür und herzlichen Glückwunsch!"

Er hielt mir die Hand entgegen, ich stand auf und drückte sie aufrichtig.

Dann kam auch schon das Essen.

Es gab Pasta, gegrilltes Fleisch und verschiedenes Gemüse.

Ich hatte keinen richtigen Hunger, nahm mir aber immer wieder eine Kleinigkeit.
Die anderen ließen es sich richtig schmecken.

Mich fröstelte plötzlich und ich blickte zum Himmel. Es war dunkel geworden und die ersten Sterne funkelten.
Es dauerte nicht mehr lange bis "Er" kam.

Meine Mutter beobachtete mich und ich wusste dass sie meine Unruhe spürte.

Es war ein herrlich warmer Sommerabend und wir saßen noch lange nach dem Essen draußen.

Dann war "Er" da.
In voller Größe!
Sein Licht schimmerte durch die Blätter des Baumes und verstärkte das Kribbeln in meinen Beinen und das imaginäre Ziehen in meinem Körper.

"Muss mal zur Toilette.",
entschuldigte ich mich am Tisch und stand auf.
Vor dem Waschtisch blickte ich in den Spiegel.

Der Toilettengang war ein Vorwand um mich selbst zu beobachten.
Ich konnte auf den ersten Blick keine Veränderung an mir erkennen, außer dass ich mir einbildete größer geworden zu sein!?
Das seltsame Ziehen in meinem Körper spürte ich jetzt bis in die Haarspitzen.
"Alles okay?" Ralf trat ein.
"Hhm! Hat sie dich hinter mir her geschickt?"
Damit meinte ich meine Mutter.

Er nickte kurz.
"Und, wie fühlst du dich? Irgendeine Veränderung?"

"Ich weiß nicht so recht. Kann es nicht deuten.
Hab das Gefühl es wartet etwas in mir auf ein Kommando! Vielleicht braucht es irgendeinen bestimmten Auslöser dass etwas passiert? Wut, Schmerz, …keine Ahnung!?"

"Komm wieder mit raus. Ma hat gerade bezahlt. Ich denke wir werden dann gehen?"

Wir waren die letzten Gäste und verabschiedeten uns noch von Angelo.

Zuerst brachten wir Heike nach Hause.

Ralf ging mit uns. Er wollte mich heutabend nicht alleine lassen.

Birgit hatte sich bei mir eingehängt und Johann ging neben meiner Mutter.

"Er hat schon etwas Anziehendes!",
meinte Ralf und wir folgten seinem Blick.

Zwischen unzähligen leuchtenden Sternen stand "Er" in seiner majestätischen Fülle am Nachthimmel und spendete ein magisches Licht.

"Er ruft wieder nach mir!"

74 ("The midnight Fight" - Eloy)

"Nein, - Ich rufe nach dir!!!"

Vier Schatten lösten sich aus der Dunkelheit und traten auf den Weg. Wie ein Rudel Wölfe bildeten sie einen Halbkreis um uns.

Es war die perfekte Inszenierung. Vor mir lief jetzt alles ab wie in einem Film.

Sie waren alle wieder in schwarz gekleidet.

Johann stellte sich sofort vor meine Mutter.
"Wolfgang! Verschwinde und lass uns in Ruhe."

"Sei ruhig! Von dir will ich nichts. Ich will ihn!" , zischte er und blickte mich dabei an.

"Was du willst interessiert hier niemand und jetzt hau ab und lass meinen Sohn zufrieden!!!"
Mit der Pistole meines Vaters im Anschlag trat meine Mutter entschlossen hinter Johann hervor.
Dafür die große Handtasche.

"Sonja, -nein!", er wollte sie noch aufhalten, aber sie ging schnurstracks auf Wolfgang zu.

Wolfram und Wolf-Dieter stellten sich Johann in den Weg und Rudi baute sich vor Ralf auf.
Birgit hielt mich krampfhaft fest.

Ma entsicherte die Waffe und lud sie durch.

"Schluss mit den Spielchen!"
Wolfgang trat einen Schritt auf sie zu. Sie konnte jetzt in seine Augen sehen und erschrak.
Dieser Moment reichte ihm aus.
Er wischte ihr blitzschnell die Waffe aus der Hand und schlug ihr kraftvoll mit dem Handrücken ins Gesicht.

Durch die Wucht des Schlages wurde sie zur Seite geschleudert und prallte mit dem Oberkörper gegen ein geparktes Auto. Sie sank röchelnd und benommen zu Boden.

"Sonja!" Der Schrei kam von Birgit.

Doch auch ich brauchte nur diesen einen Moment.

Mit drei blitzschnellen Schritten war ich bei Wolfgang und riß ihn um.

75 ("The final Murder" - VandenPlas)

Jetzt überschlugen sich die Geschehnisse.

Johann stand in Boxermanier mit erhobenen Fäusten da und beobachtete seine Widersacher, die ihn listig umkreisten.

Mit einem metallischen Klicken sprang das Klappmesser auf, das Rudi aus der Tasche seiner Lederhose zog.
Er fuchtelte sofort mit der Klinge durch die Luft und hielt sie Ralf entgegen.
"Das war mir irgendwie klar, dass du irgendwas brauchst um dich festzuhalten! Doch du wirst trotzdem zu Boden gehen!"
Ralf konnte es sich nicht verkneifen.

Birgit lief zu meiner Mutter und kniete jetzt neben ihr. Sie war wieder zu sich gekommen, aber immer noch sichtlich benommen.

Wir schlugen beide hart auf der Straße auf. Doch ich hatte das Überraschungsmoment und kniete auf seinem Brustkorb.
Ich holte aus und schlug ihm meine Faust auf die Nase, -oder sollte ich besser sagen - in die Schnauze!?
Seine Augen glühten und sein Gesicht ähnelte wieder einer Wolfsfratze!
Der Schlag schien ihm nichts auszumachen und er schüttelte mich mit Leichtigkeit ab.
Behende richteten wir uns beide wieder auf und belauerten uns.
Tiefgebeugt standen wir uns jetzt gegenüber.

In der Zwischenzeit startete Johann einen Scheinangriff auf Wolfram. Er tänzelte auf ihn zu und holte aus. In dem Moment als Wolf-Dieter von hinten zuschlug, tauchte er unter seinem Schlag hindurch, drehte sich und mit voller Wucht rammte er ihm die Faust auf den Solarplexus.
Um Luft japsend klappte dieser in sich zusammen.
Johann wandte sich Wolfram zu.
Mann gegen Mann!?

Blitzschnell stieß Rudi mit dem Messer zu und Ralf konnte sich gerade noch zur Seite drehen.
"Uh, das war knapp. Nicht schlecht, nicht schlecht!! Aber du kannst das glaub noch besser!?"

Er wollte Rudi provozieren.
Wieder stieß dieser zu und auch diesmal konnte Ralf ausweichen. Er beobachtete ihn dabei ganz genau.
Rudi führte jeden Stich bis zur kompletten Streckung seiner Muskeln aus. Er brauchte dann einen kurzen Augenblick um sein Körpergewicht wieder auszutarieren.
Doch der nächste Angriff von Rudi zielte nach unten.
Ralf konnte sich zwar wieder etwas zur Seite drehen und verlagerte sein Gewicht nach hinten, doch das Messer schnitt über seinen Oberschenkel und fügte ihm eine lange Wunde zu.
Trotzdem erwischte Ralf sein Handgelenk, brachte Rudi aus dem Gleichgewicht und drehte ihm kraftvoll den Arm um.
Das Messer fiel scheppernd zu Boden.
Ralf beugte sich, stellte sein Knie auf und riß Rudi nach vorne von den Beinen. Gleichzeitig streckte er dessen Arm durch und dieser krachte mit dem Ellbogen über die aufgestellte Falle.
Es dauerte mehr als einen Blick von Rudi auf seinen gebrochenen Arm, bis sich der Schmerz in einem lauten Schrei entlud.

Doch auch Ralf sank zusammen und drückte auf die stark blutende Wunde an seinem Oberschenkel.

"Du machst mich wütend!" rief ich ihm entgegen.
"Ja, das ist gut so!" schnaubte Wolfgang zurück.
Wieder tropfte ihm der Speichel über seine langen Zähne.

Das Blut raste durch meine Adern, Adrenalin jagte durch meinen
Körper und eine schier unendliche Gier überkam mich.
Vielleicht sollte es so sein? Wenn es der einzige Weg war ihn
aufzuhalten, dann musste es so sein!
Gebeugt sog ich die Luft tief ein und blickte hoch zum Himmel.

Ich liess es zu.
Das Licht des Mondes drang in jede Faser meines Körpers und erfüllte
mich sofort mit Macht.
Alles was sich in mir angesammelt hatte wurde auf einen Schlag
entfesselt!

"Ja, das ist sogar sehr gut!!"
Langsam richtete ich mich auf und trat ihm entgegen.

Wolfram stand Johann gegenüber.
Auch er hatte jetzt die Fäuste hoch vor den Kopf genommen.
Doch Johann spielte mit ihm.
Jahrelange Erfahrung gegen einen Gegner, der nur in der
Gemeinschaft stark war.
Zwei seiner sonst so kraftstrotzenden Egomanen lagen röchelnd und
schmerzverzerrt am Boden.
Und ihr Anführer?
Es dauerte nur drei gezielte Schläge und Wolfram fiel heulend neben
Wolf-Dieter.
Seine Nase war gebrochen und das Blut lief zwischen seinen
schützenden Händen auf die Straße.

Johann lief schnell zu Ralf.
"Halb so wild!" Seine Jeans war blutverschmiert.
"Zum Glück nur oberflächlich. Keine Arterie verletzt. Kümmer dich
lieber um Ma!"
Er versuchte aufzustehen und Johann half ihm.

Wolfgang starrte mich an.

Für einen Augenblick hatte ich das Gefühl Ungläubigkeit in seinem Blick zu erkennen!?

Ich konnte mich selber nicht sehen, aber ich spürte dass ich "anders" war.

"Nur noch wir zwei!" meine Stimme klang tiefer und kraftvoll.

"Ja, wir zwei! -Aber warum gegeneinander und nicht miteinander? Du spürst doch jetzt welche Macht uns zuteil wird?"

Er machte eine einladende Geste.

"Nein!"

Triumphierend schaute ich ihn an.

"Niemals, -niemals werde ich diese Macht mit irgendjemandem teilen!!!"

Mit unbändiger Kraft sprang ich ihn an.

Meine Kiefer mit den langen Reißzähnen schnappten nach ihm und er konnte sich gerade noch wegducken.

Ich packte ihn an den Haaren riß seinen Kopf nach hinten. Doch blitzschnell drehte er sich unter meinem Griff hindurch, so dass er plötzlich in meinem Rücken stand.

Ein fürchterlicher Schlag traf michim Nacken und ich fiel nach vorne.

Mit seinem ganzen Gewicht krachte er mir auf die Schultern und wollte mich so am Boden halten. Wie ein Bulle beim Rodeo sprang ich auf, griff nach hinten und warf ihn kopfüber ab.

Seine Zähne schrammten dabei an meinem Ohr entlang.

Katzengleich rollte er sich ab und stand mir wieder gegenüber.

Sofort rannte er auf mich zu, packte mich brutal und rückwärts krachten wir gegen ein Auto.

Mir blieb die Luft weg und mit lautem Knurren schlug er jetzt auf mich ein.

Ein harter Schlag traf mich an der Schläfe und mir wurde für einen Moment schwarz vor Augen.

Er warf mich mitten auf die Straße und trat mir mit dem Stiefel in die Magengrube.

Dann kniete er neben mich und packte mit beiden Händen meinen Kopf.

Seine triefende, widerliche Schnauze kam meinem Hals immer näher.

"Selbst dein silbernes Amulett kann dich nicht vor mir beschützen!"

Wolfram, Wolf-Dieter und Rudi rappelten sich in der Zwischenzeit unter Schmerzen hoch und schlichen sich wie räudige Hunde davon.

Johann blickte ihnen aufmerksam hinterher.

"Macht dass es aufhört!"
Ihre Hände streckten sich bittend Johann und Ralf entgegen und weinend wiederholte meine Mutter ihre Worte.

"Bitte, macht dass es aufhört!!
Er wird ihn umbringen!!!"

"Nein, das wird er nicht!! - Das werde ich jetzt tun!"
Sie sah Johann ungläubig an.
Dieser lehnte Ralf gegen das Auto und sah sich dann suchend um.
Birgit verfolgte alles wie gelähmt.

Schnell lief er mitten auf die Straße, bückte sich und hob die Pistole auf.

76 ("Death on two legs" - Queen)

Ich konnte mich nicht mehr bewegen.

Seine Reißzähne leuchteten gelb im Mondlicht und mit seinen glühenden, irren Augen fixierte er meine Kehle.

Wolfgang wurde mit Wucht von mir geschleudert, als das Projektil seine linke Schulter traf.
Der Knall war ohrenbetäubend und hallte von den Häusern wieder.

Ich rollte mich zur Seite und setzte mich auf.

Vor Schmerz jaulend und mit ungläubigem Blick aus seinen teuflischen Augen lag Wolfgang da und drückte seine Hände auf die Wunde.
Dunkles Blut vermischte sich mit seinem schwarzen Shirt.

Johann stand jetzt über ihm und der rauchende Lauf der Waffe zielte auf seinen Brustkorb.

"Vater!?"

Es war nicht mehr als ein leises Röcheln, aber wir alle konnten es hören.

"Tut mir leid!"
Mit diesen Worten zog Johann den Abzug durch.

Der Schuß traf Wolfgang mitten ins Herz.
Über alles legte sich plötzlich eine seltsame Stille.

Wir alle schauten sprachlos zu und selbst das Atmen fiel uns schwer.

Johann setzte sich neben Wolfgang, nahm seinen leblosen Oberkörper hoch und legte sich seinen Kopf in den Schoß.
"Es muss endgültig vorbei sein!"
Entschlossen führte er den Lauf der Waffe an seine Schläfe und richtete sich selber.

Sein massiger Körper kippte nach vorne und legte sich wie ein Tuch über den Leichnam von Wolfgang.

"Nein, Johann!?"

Mutter war die erste die aus der Schockstarre aufschrie.

"Geralt?"
Birgit rappelte sich hoch.

Ich konnte nichts mehr fassen.
Diese Inszenierung war unvorhersehbar!

Mit letzter Kraft stand ich auf, drehte mich um und lief davon.

Gefolgt von Birgits verzweifelten Rufen.

77 ("Midnight Running" - Pendragon)

Ich liess alles hinter mir.

Mein Körper schmerzte, in meinem Kopf drehte sich alles und mir war schlecht.

Trotzdem lief ich weiter.
Erst auf der Wiese vor dem Waldsee stoppte ich.

Ich liess mich auf die Knie fallen und vergrub meinen Kopf in meinen Händen.

Mein Puls raste und Schweiß tropfte von meiner Stirn.

Es dauerte eine Weile bis ich mich wieder unter Kontrolle hatte.

Was war passiert?

Fassungslosigkeit!

Tote, Verletzte!

Johann, Wolfgang!!!
Ralf, Ma, Birgit, -die Jungs!

Jeder von uns hatte etwas abbekommen!
Und dieses Mal war es kein Traum!!!

Das gleißende Licht des Mondes spiegelte sich auf der
Wasseroberfläche des Waldsees wieder.

Langsam richtete ich mich wieder auf und mein Blick ging nach oben
zu "Ihm".

"Du!!!"

Anklagend schrie ich ihn an.

"Du!
-Du bist an allem Schuld."

"Er" strahlte gelassen über allem.
Unbändige Wut stieg in mir hoch.

"Du hast so ein Scheißglück dass du so weit weg bist!!!"

Ich reckte die Fäuste hoch.

"Ich, ich hasse dich!!!"

Die Blutlinie von Johann und Wolfgang war beendet.
Der Kreis war geschlossen!
Doch Unsere lebte in mir weiter!!

Ich holte tief Luft und mit gebleckten Zähnen heulte ich "Ihm"
markerschütternd entgegen.

Alle Hunde aus der Umgebung fingen an zu bellen und antworteten
mir!!

Und, -es war immer noch mein Geburtstag.

Herzlichen Glückwunsch!

-III- : …it all stopps here

79 ("Dark side of the moon" - Pink Floyd)

Ich hatte "Ihn" angeschrien!

Jetzt schrie "Er" zurück!

Mit aller Macht!

Ich kniete noch immer im nassen Gras und hatte den Kopf nach oben gereckt.

Sein helles Licht durchflutete meinen ganzen Körper und Wärme breitete sich in mir aus.
Seine Anziehungskraft war gepaart mit Macht, Kraft und einer unbändigen Gier!

Doch ich hatte mich wieder unter Kontrolle.
Und auch "Ihn"!
Ich wusste jetzt, dass der Zyklus immer Besitz von mir ergreifen würde, -aber ich wusste auch dass ich jederzeit "Herr" über ihn war!
Und das verschaffte mir große Vorteile!!!

Ich konnte "Ihn" und seine Macht benutzen, -egal ob es "Ihm" gefiel oder nicht!

Seine dunkle Seite war jetzt in mir!

Sirenengeheul war zu hören.

Ich war wieder vollkommen ich selbst, stand auf und lief zurück.
Durch die Sirenen konnte ich jetzt auch Birgit rufen hören, die nach mir suchte.

Sie kam mir unter Tränen entgegen.

Alles was passiert war lief beim Zurücklaufen wie ein Film in mir ab.

Wolfgang, -Johann!
Mutter, -Ralf, -Birgit!

Aber auch Rudi, -Wolfram und Wolf-Dieter!

"Ich werde sie alle drei töten!!!"
Meine Augen glühten bei diesem Gedanken kurz auf.

80 ("A different man" - Knight Area)

Aufregung und hektisches Treiben.

Polizei und Notarzt, Dr. Koppold, waren in der Zwischenzeit
eingetroffen.
Das Geschehene hatte natürlich einige Anwohner aus ihrem Schlaf
gerissen.
Außerdem hatte es ja nicht nur Tote, sondern auch einige
Beschädigungen an geparkten Autos gegeben.

Die Leichen von Johann und Wolfgang lagen noch genauso wie ich sie
zum letzten Male gesehen hatte.
Ein Polizist lief aufgeregt um sie herum und machte Bilder aus
verschiedenen Positionen.

Ma und Ralf standen am Sanitätswagen und sprachen gestikulierend
auf Dr. Koppold ein.
Gleichzeitig verband eine junge Sanitäterin die Wunde an Ralfs
Oberschenkel.
Ein zusätzlicher Beamter lehnte daneben und notierte sich alles.

"Hab`ich mir gedacht, dass Du hier auch eine Rolle gespielt hast!?"

Dr. Koppold drehte sich zu mir als ich mit Birgit zum Tatort zurückgelaufen kam.

"Komm mal mit!"
Er führte mich zur Seite, weg von dem Beamten.
"Was hab ich hierbei Dir zu verdanken?"

"Alles!"
Ich funkelte ihn an.

"Geralt! -Es hat Tote und Verletzte gegeben. Das ist kein Spiel oder Spass mehr!!!"

"Ich weiss! Und es war nicht mehr zu vermeiden!"

"Wie willst Du oder Deine Mutter das alles erklären?", er machte eine ausholende Bewegung.

"Gar nicht! - Es ist wie es ist!
Und, wer weiß…?"
Ich schaute ihm direkt in die Augen.
"Nein, es ist genug passiert!"
Er erwiderte meinen Blick.
"Ich kann mir alles erklären. Als Du aus meiner Praxis gingst habe ich schon Bescheid gewusst!
Wir müssen es, -oder besser gesagt Dich aufhalten!"

"Na dann!?"
Mit diesen Worten ließ ich ihn stehen, spürte aber noch seinen ungläubigen Blick.

Ich ging zurück zu meiner Mutter die mich weinend in den Arm nahm.

Es dauerte sicherlich noch eine weitere Stunde bis die Vernehmungen, Schadensaufnahmen etc. beendet waren.
Ich äußerte mich nicht zu den Vorfällen, sondern ließ meine Mutter reden, -die wiederum eine Auseinandersetzung wegen einer Familientragödie erfinden musste um einigermaßen glaubhaft rüberzukommen.

Zuallerletzt fuhr der Leichenwagen vor, und nachdem beide in unscheinbare, weiße Leichensäcke gepackt und verstaut waren, auch schnell wieder fort.

Wir mussten nicht mehr mit auf die Wache, sondern durften nach Hause gehen, -aber Dr. Koppold hatte mich mit meiner Mutter noch zu einem Gespräch in den kommenden Tagen eingeladen.
Birgit ging mit zu uns. Sie hatte bei ihrer Tante schon im voraus das okay dafür eingeholt. Allerdings nicht unter diesen Vorzeichen!

Keiner von uns redete etwas.
Ralf humpelte leicht, aber seine Schnittwunde war nicht sehr tief und auch gut versorgt.

Zuhause setzten wir uns in die Küche. Mutter machte eine Flasche Wein auf und schenkte jedem von uns ein Glas voll ein.

"Herrje Geralt! -Wie siehst du denn wieder aus?"
Jetzt, im hellen Licht der Küchenlampe konnte Ma mein Gesicht erst richtig sehen.
"Ist alles okay mit Dir?"

"Hhm, geht so!"
Mir tat nichts weh, im Gegenteil, - ich fühlte mich stark!

"Dein Gesicht sieht wieder schlimm aus, und auch sonst. Schau dich mal an!"
Das war jetzt Birgit.

Ich blickte an mir herab.
Ja, ich hatte was abbekommen, was man deutlich an meinem Hemd sah.
Es war mit Blutflecken übersät das aus vielen kleinen und größeren Risswunden lief.

"Also auf ein Neues."
Ma holte wieder das Tablett mit Verbandszeug.

81 ("More than I deserve" - Saga)

Es wurde sehr spät. Oder sollte ich lieber sagen früh.
Trotzdem redeten wir kaum etwas.
Aus der einen Flasche wurden drei!

Wir holten Ralf seine Decke, Kopfkissen und Leintuch aus dem
Zimmer und richteten ihm ein Bett im Wohnzimmer auf der Couch.
Er wollte Birgit und mich alleine lassen und konnte sich trotz allem ein
"Viel Spaß" an uns nicht verkneifen.

Birgit brachte meine Mutter ins Bett, die eine Flasche alleine getrunken
hatte, und gemeinsam gingen wir dann nach oben.

Die ersten Vögel fingen schon zu zirpen an und es brauchte nicht mehr
lange dass es hell wurde.

"Wie geht`s Dir?", fragte ich sie als ich neben sie unter die Decke
schlüpfte.
Jetzt fühlte ich nichts mehr von meiner Stärke, sondern eine
aufregende Unsicherheit.
Ich war noch nie mit einem Mädchen gemeinsam im Bett!

"Geht nicht gut, - und mir ist kalt!"
Das war eine klare Aufforderung.

Ich rückte näher an sie heran, sie drehte sich sofort zu mir und legte
ein Bein über meins. Sie hatte nichts an.
Meine Sinne spielten verrückt.
Was für ein Körper, -was für eine Wärme, -von wegen kalt!?

Ihre Lippen suchten meine und ihre Hände waren plötzlich da wo sie
noch nie waren.

"Hey!"
flüsterte ich ihr zu.
"Ich hab noch nie…"
"Schsch…!"

Ein Finger legte sich auf meine Lippen. Ihre Augen strahlten mit der aufgehenden Sonne um die Wette.

"Entspann Dich und lass mich machen!"

Ich wünsche jedem dass dieser Moment genauso schön und wundervoll war wie für mich!?

Die Sonne strahlte schon warm vom Himmel als wir gemeinsam in einen traumlosen Schlaf fielen, oder auch nicht.

82 ("Mouth of Madness" - Circus Maximus)

Es war Nachmittag als wir aufstanden.

"Gut hab ich nicht geschlafen. Aber ich glaub` Du gar nicht?"
Die Frage war an mich gestellt.
"Jedesmal wenn ich aufgewacht bin, hab ich dich wach neben mir gesehen?"

"Der Schlaf ist der Bruder des Todes!"
Kurze Antwort. -Verwunderter Blick!

Ich hatte und konnte wirklich nicht richtig schlafen.
Trotzdem war ich klar und fit.
Wir zogen uns an und gingen nach unten.

Ma saß alleine am Tisch.
"Guten Nachmittag! - Wenn man ihn als gut bezeichnen kann!"
Sie drückte Birgit kurz und warf mir einen sorgenvollen Blick zu.

"Ma! Mir geht`s gut, auch wenn ich vielleicht nicht so aussehe.
Und um eventuelle Mitleidsbezeugungen vorzubeugen:
-Es musste soweit kommen, -es ist passiert, -ich bereue nichts und es wird noch viel mehr passieren!"
Das war mal eine Ansage!

"Was ist denn mit dir los?"
Herausfordernd blickte sie zu mir auf.
"Setz dich her!"

Auch Birgit setzte sich daneben.

"Was soll das heißen?"
Jetzt war ich Antworten schuldig.
"So wie ich`s gesagt habe!
Ich werde mich nicht mehr verstecken und ich werde es auch nicht
unterdrücken. Ich werde der Natur ihren freien Lauf lassen und
wenn`s irgendjemanden trifft, dann mit Recht!
Nur werde ich es nicht aus Lust und Gier zulassen!"

"Das wirst du nicht!"

"Doch, genauso wie ich es gesagt habe.
Es ist wie es ist, - und genauso soll es sein!"

83 ("Changes" - Yes)

Ich bin Geralt. -17 Jahre alt.

Ich bin ein Werwolf. -Oder so was ähnliches!?.

-Ich weiß es noch nicht so genau.

-Aber ich kann mich verwandeln.

-Zu jedem Vollmond.

-Aber nur wenn ich es will!

…Ich bin Geralt!!!

84 ("Follow you, follow me" - Genesis)

"Ich muss nach Hause."
Birgit küsste mich.
"Gehst noch mit und bringst mich heim?"

"Klar."
Sie verabschiedete sich noch von meiner Mutter und wir gingen los.

In der Zwischenzeit war es abend geworden und man konnte die ersten Sterne am Himmel erkennen.

"Er" würde erst später erscheinen.

"Hast du keine Angst mit mir heute abend? Es ist immer noch Vollmond!"

"Nein! -Ich vertraue Dir und spüre dass es so ist wie es ist, und wie Du gesagt hast!
Aber ich habe eher Angst um Dich!
Daß Du etwas machst, dass Du später bereuen wirst oder dein Schicksal verändern wird oder kann!?"

Wow, -da war es wieder was ich schon so oft in ihrer Gegenwart gespürt habe.
Was ist sie nur für eine tolle Frau! Ich glaube sie kann in mir lesen wie in einem offenen Buch!?
Ich liebe sie!!!

"Am Dienstag kommen meine Eltern wieder. Das wird auch noch sehr schwer werden.
Was soll ich ihnen sagen oder es erklären?"

"Sag ihnen wie`s ist und war!"

"Spinnst Du!? Das glauben die mir nie!
Und du weißt dann auch was das für uns bedeutet??"

Ihre Augen leuchteten wieder im Abendlicht.

"Auch dann werde ich dich nicht alleine lassen!"
Ich nahm sie noch enger in den Arm.

"Ich liebe Dich!"

85 ("Sweet emotions" - Aerosmith)

Nachdem wir uns voneinander verabschiedet hatten lief ich zum
Waldsee.
Am Ende des Stegs setzte ich mich, zog meine Schuhe aus und liess die
Füße im Wasser baumeln.

Ja, -"Er" war natürlich auch da!
In seiner ganzen Pracht stand er am Himmel und ich spürte ihn im
ganzen Körper.

Aber, -ich hatte "Ihn" unter Kontrolle.

"Ich werde es nicht zulassen, -nicht so wie Wolfgang."
Ich versuchte an Nichts zu denken und beobachtete und hörte in
meinen Körper.

Nichts geschah!?
Keine Verwandlung, Gier, Lust,…!

Aber, -ich nahm alles viel instinktiver, intimer und realistischer wahr!
Und ich konnte alles Riechen!
Es war wie wenn "Er" in mir nur darauf wartete.
Auf ein Zeichen, Auslöser, eine Reaktion!?

Ich hatte mich, "Ihn" - unter Kontrolle!

Noch!!!

86 ("Viel zu viel" - Anyones Daughter)

Es dauerte einige Tage bis die Fragen, Nachforschungen, Bestandsaufnahmen und auch die Verarbeitung der Ereignisse wieder in Normalität übergingen.

Nach der Rückkehr aus ihrem Urlaub besuchten Ma und ich Birgits Eltern.

Es wurde ein langer Abend, aber meine Mutter, ihre Tante und Birgit konnten plausible Erklärungen für alles liefern. Ich hielt mich in dem Gespräch zurück, wurde aber immer wieder mit neugierigen Blicken gemustert.

"Seit sie dich kennt passiert vieles und auch unser Alltag ist ganz schön aufregend geworden!
Hoffentlich kommt da nicht noch mehr?"

Ihr Vater blickte mich durchdringend und anklagend an.
Ich erwiderte seinen Blick und nach einem langen Moment wandte er schnell und fast ängstlich seine Augen von mir ab.

Birgit boxte mich wieder in die Seite.

"Wenn ihr wüsstet!?", -dachte ich bei mir.

87 ("My immortal" - Evanessence)

Wir nahmen alle Abschied von Johann, - und auch von Wolfgang.

Es war eine "traurige" Beerdigung.

"Traurig" deswegen, da wir, -Ma, Ralf, Heike, Birgit und ich, - die "fast" einzigen waren, die an Ihren Gräbern standen.

Wolfgangs Rudel, -Rudi (mit Gipsarm), Wolfram (mit dicker Nase) und Wolf-Dieter standen abseits und bezeugten ihr Beileid aus sicherer Entfernung.

Ich brauchte nicht zu Ihnen sehen, ich konnte sie alle riechen!

Doch, es wäre kein normaler Tag gewesen, wenn es auch diesmal nicht zu einer Konfrontation gekommen wäre.
Aber diesmal provozierte ich!

Beim Verlassen des Friedhofs standen Rudi und die anderen auf dem Parkplatz vor der Kirche und unterhielten sich.

Ma ging mit Ralf voraus und Birgit und Heike gingen hinterher.
Ich kam als Letzter, alleine, -und so fiel es nicht auf dass ich schnurstracks direkt zum Parkplatz lief und mich ihnen entgegen stellte.

"Was willst Du?", fragte Wolfram.
Es war das erste Mal dass diese Frage von Ihrer Seite gestellt wurde!

"Es ist noch nicht vorbei!"
Ich sah sie alle drei der Reihe nach an.
Bei Rudi hielt ich inne und blitzte ihn an.
"Du!", -Leise, aber eindringlich!

"Geralt!"
Ralf und Birgit rannten auf mich zu.
"Was soll das? Komm mit!"
Ralf packte mich am Arm und zog mich zur Seite.

Rudis Mundwinkel verzogen sich zu einem hämischen Grinsen.
"Nehmt ihn nur schnell mit, sonst hätte er bekommen was ihm zusteht!"
Er hob seinen eingegipsten Arm in die Höhe.
"Aber es stimmt, es ist noch nicht vorbei!!!
Wart`s nur ab, -du Freak!
Wir werden Wolfgang rächen!!!"

"Das kannst Du gleich haben!"
Ich wollte mich wieder zu ihm drehen, aber Ralf packte mich fester
und auch Birgit drückte sich eng an mich.

"Spinnst Du eigentlich, - was ist denn mit dir los?"
Jetzt blitzte Ralf mich an.
"Komm jetzt mit und geb Ruhe!"
Gemeinsam mit Birgit zog er mich weg und wir wurden mit
Schimpfteraden von Rudi und den Jungs begleitet.

"So kenn ich dich ja gar nicht!?"
Meine Mutter trat neben mich.

"Lasst mich!",
sagte ich barsch zu ihr und schüttelte mich aus Umklammerung und
Umarmung.

88 ("That`s why it hurts" - Sylvan)

"Geralt?"
"Hhm!"

"Was ist mit Dir?"
Birgit schaute mich sorgenvoll unter ihren Brillengläsern an.

"Was meinst Du?"
Ich blickte Sie an und massierte weiter ihren Nacken.

"Du hast Dich verändert!"

Ich richtete mich etwas auf und streichelte jetzt ihren Rücken.
Meine Finger fuhren sanft an ihrer Wirbelsäule nach unten und
entlockten ihr ein leichtes Schnurren.

"Wie meinst du das?"
Meine Hand hörte nicht auf.

Sie drehte sich um und ich streichelte jetzt ihre kleinen, wohlgeformten Brüste.

"Du, -du bist anders,
...-du bist so eigenartig hart geworden!?"

"Wundert Dich das!?",
fragte ich sichtlich amüsiert zurück, nahm ihre Hand und führte sie zwischen meine Beine.

"Nein, -nicht so! Hör auf damit!"
Sie zog schnell ihre Hand zurück.

Jetzt richtete sie sich auf und ging mich direkt an.
"Du gehst keiner Konfrontation mehr aus dem Weg, im Gegenteil, -du forderst es sogar heraus!
Du hast düstere Gedanken und sprichst sie auch aus!
Ich hab Angst dass du irgendetwas machst, was..., was...?
Ich weiß auch nicht?...
Aber du bist einfach anders!!!"

Ein Stück Verzweiflung lag in ihrer Stimme.

"Hey, - ich werde und könnte Dir nie was tun!"

"Ich rede jetzt auch nicht von mir!
Geralt!
Lass Alles Gut sein und schmiede keine Rache- oder irgendwelche, -andere ähnliche Gedanken!?"

"Nein!"
Ich drehte mich direkt zu ihr, so dass sie in meine Augen sehen musste.

"Es wird nie vorbei sein!!!"

Sie drehte sich von mir weg und mummelte sich in die Decke ein.

Ich hatte tatsächlich geschlafen.

Von unten aus der Küche hörte ich Birgit und Ma miteinander reden.
Sie sprachen über mich.
Aber das störte mich nicht!

Als ich in die Küche trat wechselten sie das Thema.

"Ich gehe jetzt ins Heim und helfe Inge. Die organisieren heute einen
bunten Nachmittag."
Ma blickte mich an.
"Willst auch mitgehen und helfen?"
Die Frage war an mich gerichtet und ich wusste dass sie damit meinte,
dass ich auch mal wieder Pa besuchen könnte!?

Ja, stimmt. Ich war schon länger nicht mehr bei ihm, -wollte es aber
auch nicht. Denn damit konnte ich Inges Fragen aus dem Wege gehen.

"Ich könnte doch mit und helfen?"
Birgit stand vom Tisch auf und stellte ihre Tasse in die Spüle.
"Darfst du gerne wenn du möchtest, - Inge wird sich sicher darüber
freuen. Und ich auch!"
Ma drückte sie kurz und wandte sich wieder an mich.

"Was hast du heute vor?"

Es waren die letzten zehn Tage der Sommerferien. Am Mittwoch in
einer Woche ging die Schule wieder los.
"Werd mit dem Rad `ne Runde fahren. Vielleicht geh ich zum
Sportplatz, -mal sehen ob ein paar der Jungs da sind?"

"Schön, -wir kommen gegen abend wieder und bringen noch Kuchen
und den Rest des Essens mit.
Sei bitte bis um sieben wieder da!
Ralf kommt auch, -ich hab dann `ne Überraschung für Euch!"

"Ma, - ich bin kein kleines Kind mehr!"
"Sei einfach vernünftig!"
"Hhm!"

Birgit packte ihre Tasche, verabschiedete sich mit einem Kuß von mir und schlenderte gutgelaunt hinter meiner Mutter zum Auto.
"Pass auf dich auf!" rief sie mir noch zu.
Sie verstanden sich sehr gut und Birgit war für sie eine große Stütze seit Johanns Tod.
Ich war froh darüber.

Tatsächlich, -schon aus einiger Entfernung konnte ich sie rufen und johlen hören.
Schaufel, Fräulein und Schädel spielten "British Football".
Hohe Flanken, -und man durfte den Ball nur Volley, -mit dem Kopf oder per Fallrückzieher ins oder aufs Tor befördern. Und das natürlich mit ordentlichem Geschrei!

"Mensch Wuchty! Klasse dass du kommst. Zu viert macht`s mehr Spaß. Da kann man von links und rechts flanken, -ein Mittelstürmer und ein Torwart!"
Freudig grinsend rief mir Schädel entgegen und hämmerte den kommenden Flankenball von Schaufel vehement weit übers Tor ins frisch gemähte Feld dahinter.
"Den könntest mit dem Rad gleich noch holen und dann darfst dafür ins Tor gehen!"

Ich holte den Ball und warf ihn Schaufel zu, -dann legte ich mein Rad hinters Tor.

"Hey, wartet mal und kommt her. Muß euch was sagen!"
-Also man kann sagen was man will, -aber nachtragend, oder beleidigt war in unserer Clique niemand.
Ich hatte sie im "Löwenhof" sitzen lassen, mich die letzten Wochen nicht bei Ihnen gemeldet und jetzt begrüssten sie mich wie wenn ich gestern erst von Ihnen gegangen wäre! Ich kann stolz sein solche Freunde zu haben!

Respekt!

"Was ist denn los? Hat Birgit immer nach mir geschrien?",
-Fräulein!
"Depp!" - Kurze Antwort!
"Nein, das ist jetzt echt ernst und ihr habt die Wahrheit verdient!"
Wir setzten uns am Elfmeterpunkt und rauchten erstmal Eine.

Ich erzählte Ihnen alles. So viel hatte ich Ihnen gegenüber noch nie
geredet, aber es musste sein. Und sie waren ein Teil meines Plans!

"Also, -Geschichten erfinden kannst Du. Schreib doch ein Buch!?"
Natürlich wieder Fräulein.
"Nein, leider nicht. Das ist die Wahrheit. Ihr habt sie verdient und ich
brauche Eure Hilfe?"

Schädel und Schaufel steckten sich nochmals eine an.
"Starker Tobak!", -Schaufel blickte mich fragend an.
"Und das passiert jetzt bei jedem Vollmond?"
"Es passiert erstmal gar nichts, außer ich lasse es zu. Mit jedem Male
kann ich es besser kontrollieren. Aber es kann durchaus sein, dass
etwas passiert dass mich außer Kontrolle bringt!"

"Okay, wenn ich dir zum Beispiel Birgit ausspanne oder so?",
Fräulein konnte es nicht sein lassen!
"Ja, genauso. Dann könnte es durchaus sein, dass ich dich da beiße,
-wo Du mit Sicherheit von mir nicht gebissen werden willst!?"
"In die Nase?"
"Klar, -nur in die Nase!"
Wir klatschten uns alle ab und grinsten vor uns hin.

Best Friends!

"Kann ich auf Euch zählen?"
"Logo!", kam es von allen Dreien.

"Hhm!", -das war mein Danke.

Verschwitzt kam ich nach Hause. Wir hatten noch riesig Spaß und während dieser Zeit war alles andere zweitrangig.
Bis ich wieder alleine war.

Ich musste es zu Ende bringen.
Irgendwie war es so als ob "Er" es mir befahl!?

Ralf kam gerade heim als ich aus der Dusche kam.
"Hey Großer, -alles okay?"
Wir standen in der Küche und ich erzählte ihm alles von heute Nachmittag.

"Find ich gut, - und es ehrt Dich, dass Du gegenüber deinen Kumpels so ehrlich bist!
-Auch wenn Du Dich veränderst hast!"

Jetzt fing er auch noch an! Ich wollte es nicht mehr hören!
Er sah es in meinem Blick und hielt voll drauf!

"Doch, Geralt. Du hast Dich verändert. Und eigentlich nicht zu deinem Vorteil!
Es hat jeden von uns mitgenommen, geprägt, -und bei jedem mit Sicherheit seine Spuren hinterlassen!
Wir wissen alle über Dich Bescheid, -stehen hinter Dir und hoffen und vertrauen jetzt auch auf Dich, dass Du mit deiner Bestimmung, deiner Gabe, oder wie immer Du es nennen willst, -umgehen und Leben kannst!
Und wir wollen dir aber auch dabei helfen!
Aber Du solltest Dir helfen lassen!
-Und, ich spreche jetzt für Alle,
-denn, wir Lieben Dich!"

Wow.
Ralf.
Bruder!

Ich setzte mich an den Tisch und musste den Kopf in meine Hände legen damit Ralf meine Tränen nicht sehen konnte.

"Was habt denn ihr für ein Problem?"
Mit diesen Worten begrüßte uns Ma, als sie mit einem großem Korb unter dem Arm in die Küche trat.

"Seins!!!", antwortete Ralf und nahm ihr den Korb ab.

"Was hat er denn jetzt schon wieder getan!?"
Sie blickte zu mir.
"Nichts, - er war diesmal nur ehrlich!
Aber ich zu Ihm auch!"

91 ("The river in your eyes" - Clepsydra)

Ma hatte Birgit nach Hause gefahren und brachte noch reichlich übriggebliebenen Kuchen und Wurst- und Heringssalat mit.

Ralf hatte mir die Augen geöffnet, auch wenn ich es nur schwer wahrhaben wollte.
Mein Kopf lag noch immer in meinen Händen und meine Gedanken und Gefühle drehten sich im Kreise. Es stimmte. Ich setzte alles aufs Spiel ohne Rücksicht auf Andere.
-Egoismus pur!

"Rutsch mal rüber auf die Bank, -hier sitzt Ma."
Ralf schob mir einen Teller unter.
Ich stand auf, und ohne ihn anzusehen setzte ich mich auf die Eckbank.
Gemeinsam hatten sie den Tisch gedeckt.

Nudelsalat, Heringsalat, Wurstsalat, -aber auch Tomaten- und gemischter Salat standen in Schüsseln bereit auf dem Tisch.
Meine Nase war erfüllt mit all diesen Gerüchen und von der Anrichte dufteten verschiedene Kuchen und frisches Brot.

"Geralt?"
Sanft legte sich eine Hand um meine, die immer noch mein Gesicht
verdeckte, und zog sie beiseite.

"Geralt, schau mich bitte an!"
Ihre dunkelbraunen Augen blickten in mich.
All ihre Liebe, -die hinter Sorgen und Ängsten tief in Ihrem Herzen
wohnte, -strömte nun durch sie in mein tiefstes Inneres.
Es war so wie wenn "Er" ihn mir aufleuchtete.
Nur noch viel schöner und intensiver!

Langsam hob ich den Kopf.
Ich war wieder im Hier und Jetzt.

"Es tut mir leid!"
In den vergangenen Minuten war mir so vieles durch den Kopf
gegangen und hatte sich nun in mir manifestiert.

Ich hatte an Wolfgang gedacht, der als einsamer Wolf gestorben ist, -
gerichtet von seinem Vater!
Hatte er Freunde gehabt? -Eine richtige Familie?
Konnte er überhaupt Liebe empfinden?
Nein, er hatte Marionetten um sich die genauso funktionierten wie er
es wollte.
-Weil sie Angst vor ihm hatten!
Ja, -Angst!
Die Angst der Anderen war alles was er hatte!!!
Traurig!

"Ma, …mir ist jetzt so vieles klar und bewusst geworden!
-Zuerst Birgit heute Nacht, -dann die Aussprache mit den Jungs, -Ralf,
…und jetzt Du!"

Ich blickte beide an.

"Familie,
Liebe,
Freundschaft!!!"
Meine blauen Augen strahlten wieder als ich es aussprach.

Ralf setzte sich mit an den Tisch und wir reichten uns gegenseitig die Hände.

"Meine Jungs!"

Ma sank in sich zusammen und fing zu weinen an. Sie war mit ihren Kräften am Ende.

Ich hatte so ziemlich alles falsch gemacht. Es lag jetzt an mir es wieder gerade zu biegen!

Nein,

-"Seine" dunkle Seite durfte mich nie bekommen!

92 ("Red Barchetta" - Rush)

Seit langem schmeckte mir das Essen wieder.

Ralf und ich schaufelten wie die Holzmacher. Es war aber auch alles super lecker.

Nach zwei Stück Käsesahne ging es Ma auch wieder gut und sie ging zum Kühlschrank und holte eine Flasche Sekt.

"Holst Du mal drei Gläser, -aber nicht die Guten!" Diese Aufforderung galt mir.

Wir sahen sie fragend an.

"Haben wir deinen Geburtstag vergessen? Ich kann mich erinnern, dass der im Januar war?", sagte Ralf.

"Ich hab euch doch gesagt, dass es heute noch eine Überraschung gibt!"

Sie löste die Drahtsicherung des Korkens und liess ihn mit dem obligatorischen "Plopp" bis an die Decke knallen. -Fast hätte sie die Lampe getroffen. -Dann schenkte sie ein.

"Na dann nehmt eure Gläser und kommt mit!"

Wir standen auf und folgten ihr.

Sie ging zur Haustüre und lief zum Gartentor.

"Ralf. Mach die Augen zu!" Er gehorchte sofort!
Sie nahm ihn am Arm und führte ihn zu unserem Parkplatz.
Ich konnte es natürlich jetzt vor ihm sehen und wollte es nicht
glauben!!!

"Okay, - und jetzt mach sie wieder auf!"
Auf dem Parkplatz stand ein anderes Auto als sonst.

Ralf machte die Augen auf und blickte auf einen blutorangenen VW
Käfer 1302.
"Der gehört jetzt Dir!"
Sie prostete mit seinem Glas an und trat dann neben mich.

"Was???"
Ralf staunte das Auto an.
"-Aber ich hab heut auch nicht Geburtstag, -und Weihnachten ist doch
auch noch nicht?!
...-Ma???"
Sie reichte ihm den Schlüssel.
Er ging ums Auto, öffnete, setzte sich auf den Fahrersitz und machte
mir die Beifahrerseite auf.
Sofort setzte ich mich neben ihn.
Er hatte die Hände am Lenkrad und konnte es immer noch nicht
begreifen.
Ich inhalierte den Geruch, -Reinigungsmittel, Wischwasser, Öl und
Benzin, -aber total dominierend ein "Duftbäumchen".

"Wow, - mit Schiebedach und Radio-Cassettenspieler!"
Ralf war hin- und weg!
Ma lehnte sich gegen den Gartenzaun, leerte ihr Glas und freute sich
über die gelungene Überraschung.
"Aber, -Probefahrt ist erst morgen. Dann kommt mal wieder mit rein!"
Ralf konnte es immer noch nicht fassen und er liess den Schlüssel den
ganzen Abend nicht mehr los.

"Wieso dass denn, Ma?"
Die Gläser wurden noch einmal gefüllt als wir um den Tisch saßen.

"Es war eine einmalige Gelegenheit.",
antwortete sie und wieder ließen wir die Gläser klingen.
"Ich bekam den Tip von Inge.
Ein Heimbewohner hatte das Auto schon länger in seiner Garage
stehen und konnte ihn aufgrund seiner Erkrankung nicht mehr nutzen.
Es war wirklich ein Schnäppchen und ich habe sofort an Dich
gedacht!"

Ralf war eher nicht so der emotionale und sentimentale Typ, -aber jetzt
liess auch er seinen Gefühlen freien Lauf!

"Ma, -vielen Dank!!! -Ich weiß echt nicht was ich sonst sagen soll???"
Er küsste sie, und eigentlich müsste man in so einem Moment die Zeit
anhalten! - Aber,...?

Irgendwann gingen wir dann ins Bett.
Ralf und ich mit der Vorfreude auf morgen, - und Ma mit tiefer
Zufriedenheit und Stolz.

93   ("Highway Star" - Deep Purple)

Es war noch vor Acht als ich aufstand.
Ralf lag noch im Bett und den Autoschlüssel hatte er neben sich ans
Kopfkissen gelegt.
Also doch kein Traum!

Mein Blick streifte meinen Kalender.
Am Freitag war das "Jethro Tull" Konzert in Augsburg, für das mir
Ralf und Heike Karten geschenkt hatten.
Samstag war dann im Jugendhaus "Konzert-Film-Nacht" mit
"SecondsOut-Genesis" und "Yessongs".

Aber, -es wurde auch wieder Vollmond!

Ich machte wie immer meine Liegestütze und Situps und ging dann
nach unten.

Es ging mir gut!

Wie fast immer war Ma schon auf und hatte Kaffee gemacht.
"Guten Morgen!"
"Morgen!", kam von mir als Antwort.
"Geht`s Dir wieder gut?", fragte ich sie.

"Ja, danke. Die letzten Tage waren nicht einfach!" Sie schaute auf den
Kalender, der unter der Küchenuhr hing.
"Und, wir werden sehen wie die kommenden Tage werden?"
Damit meinte sie den Vollmond.

"Ich werde mich bemühen und keine Dummheiten machen!
Versprochen!"

"Schön. Das glaub ich Dir!"
"Moin!!!"
Ralf polterte in die Küche und wedelte mit dem Schlüssel.
"Wer hat Lust auf `ne Ausfahrt nachher? Ich lad euch zum Eis ein!"

"Bin dabei, - kann Birgit auch mit, dann ruf ich sie an?"
"Klar, - aber zuerst holen wir Heike ab. Die wird staunen!"

"Ich kann leider nicht mit. Aber ihr könnt mich zum Heim fahren.
Muß noch das finanzielle erledigen und unser Auto holen. Bin ja
gestern mit dem Käfer hergefahren."
Ma packte ihre Tasche während ich mit Birgit telefonierte.

Kurz vor Mittag fuhr Ralf auf den Parkplatz vor der Eisdiele. Das
Schiebedach war aufgekurbelt und aus den kleinen Boxen dröhnte
"HighwayStar" von Deep Purple.
Ralf liess sich äußerlich nichts anmerken, aber ich wusste dass er
innerlich vor Stolz fast platzte.
Heike und Birgit freuten sich aber dafür umso mehr für ihn und
genossen sichtlich die Ausfahrt.

Wir saßen draußen, schlemmten unsere Eisbecher und sahen immer
wieder zum Auto.

Ich hatte Birgit und Heike auch erzählt wie es mir gestern erging.
"Es wendet sich alles zum Guten!", sagte Heike zu mir.
"Du wirst sehen. Das ist erst der Anfang. Nimm die schöne Überraschung als Zeichen!"

Sie hatte Recht.
"Ja, das werde ich. Danke!"

"Lasst uns doch am Freitag schon am Vormittag nach Augsburg fahren. Dann können wir in den Zoo gehen, danach zum Essen und dann zum Konzert. Wie wär's?"
Birgits Frage galt uns Allen.

Eigentlich war geplant, dass wir mit einem Bekannten vom Jugendhaus mitfahren konnten. Aber jetzt, da Ralf ja selbst mobil war!?
"Gute Idee!", meinte Ralf.
"Da kann ich das Auto gleich etwas einfahren."
"Au ja, das machen wir. Wetter soll ja noch schön bleiben.
Und die Jungs laden uns ein!?",
sagte Heike mit einem Augenzwinkern zu Birgit.

"Dann muss wohl mein Sparschwein dran glauben!"
Ralf schaute zu mir.

"Hhm!"
- Bestätigung.

94 ("Anywhere" - Grobschnitt)

Die kommenden Tage gingen schnell vorüber.

Ich fühlte mich gut und freute mich aufs Wochenende. Auch wenn der Vollmond sich schon jetzt in meinen Sinnen und Empfindungen ankündigte, schaute ich ihm diesmal gelassen entgegen.

Ich hatte es zugelassen und mich nicht dagegen gewehrt.

Deshalb war ich in diese "dunkle Phase", wie ich sie nannte, gestürzt.
"Er" hatte schon etwas sehr Machtvolles, -und ich sah auch im
Nachhinein Wolfgang mit anderen Augen.

Freitag.

Ralf und Heike kamen um halbneun zum Frühstück und brachten
frische Brezeln mit.
Ma verabschiedete uns danach am Parkplatz.
"Bitte passt auf euch auf und grüß Birgit von mir!", damit meinte sie
hauptsächlich mich.
"Versprochen! -
Ich bring sie heute Nacht mit, sie bleibt das Wochenende dann noch
da."
"Oh, schön.
Ich werde heute mal wieder nen Hausputz machen und dann versuch
ich früh ins Bett zu gehen.
Also, viel Spaß euch!"
Ralf hupte und dann fuhren wir zu Birgit, die schon vor dem Haus auf
uns wartete.
Ihre Eltern waren schon früh übers Wochenende in die Berge zum
Wandern gefahren.

Die Fahrt nach Augsburg verging wie im Fluge. Ralf war ein
umsichtiger Autofahrer und wir konnten die Fahrt mit toller Musik
geniessen.

Es war ja das letzte Ferienwochenende und auch das Wetter klasse,
-also war auf dem Parkplatz schon richtig viel los.

Ich kurbelte das Schiebedach zu und die Mädels packten und
kontrollierten ihre kleinen Rucksäcke.
"Ralf!?"
Birgit sprach ihn kleinlaut von der Rückbank an.
"Ich trau mich`s jetzt fast nicht zu sagen. -Aber ich hab` die
Konzertkarten vergessen!
-Oder hast du die?"
Jetzt wandte sie sich an mich.

"Nicht dein Ernst?!"
Beide drehten wir uns zu ihr um.

"Und jetzt? Ich hab sie nicht!", ich schaute sie fragend an.

"Och Mann, des gibt`s doch nicht? Na dann fahren wir halt zurück.
Zoo fällt leider aus!
Oder wollt ihr hierbleiben und wir holen die Karten?"
Ralf war nicht aus der Ruhe zu bringen.

"Nein! -Das war nur ein Witz! Ihr seid echt leicht reinzulegen! Ihr
hättet eure Gesichter sehen sollen!?"

Birgit und Heike lagen sich lachend in den Armen.

Erleichtert stiegen wir aus und schlenderten gemeinsam zum Eingang.

"Das kriegst du zurück!", flüsterte ich Birgit ins Ohr und diesmal
boxte ich sie in die Seite.

95 ("Ad libitum" - Zara Thustra)

"Habt ihr besondere Wünsche oder sollen wir einfach dem Rundgang
folgen?"
Ralf faltete den Zooführer auseinander.

"Ich möchte unbedingt zu den Bonobos!" rief Birgit.
"Und ich zu den Löwen und zum Streichelzoo!", das waren Heikes
Wünsche.
"Zu den Wölfen brauchen wir aber nicht, wir haben ja Einen dabei!",
das war wieder Ralf`s Humor.
"Blödmann!" -Meine Antwort.

Seit wir auf dem Gelände waren fuhren meine Sinne Karussel. Ich
konnte Alles und Alle riechen. Alles in mir war angespannt und
Adrenalin stieg in mir hoch.

Wir hängten uns gegenseitig ein und gingen dem ausgeschilderten Rundgang nach. Ich liess mich von Birgit führen.

Es wurde ein komischer Zoobesuch.

Ich wurde das Gefühl nicht los, dass nicht ich die Tiere beobachtete, -sondern diese mich!
An manchen Gehegen war es sogar gefühlt so, dass die Tiere vor uns (mir) zurückwichen, -oder sogar aggressiv auf mich reagierten.
Dies fiel auch anderen Besuchern auf und einige unterhielten sich über mich, oder zeigten auf mich und die Reaktionen der Tiere.

"Soll ich jetzt vielleicht Eintritt für Dich verlangen?"
Birgit war es auch schon längst aufgefallen und es war ihr unangenehm!

Ich machte mir einen Spaß daraus und provozierte.

Natürlich blieb ich vor dem Gehege der Wölfe stehen. Ich ging direkt vor den Zaun, breitete die Arme aus und sog die Luft durch die Nase.
Ich nahm die Witterung auf!
Ralf, Heike und Birgit beobachteten mich. -Fasziniert!
Ich spürte ihre Blicke, -keiner sagte etwas.

Ich stand im Wind und es dauerte nicht lange, da liefen fünf, -nein sechs Wölfe mit eingeklemmten Ruten aufgeregt vor mir hin und her.
Immer wieder fletschten sie die Zähne und duckten sich dann aber sofort wieder weg.
Ich saugte alles in mir auf!

In der Zwischenzeit war dieses Schauspiel natürlich auch anderen Besuchern aufgefallen und sie standen mit gezückten Fotoapparaten um uns herum.

Plötzlich war der Rudelführer da! Er überragte seine anderen Artgenossen um mindestens einen halben Kopf und aus seiner Schnauze bleckten mir zwei Reihen schärfster Zähne entgegen.

Seine Augen glühten wie Feuer und ich blickte direkt in sein Inneres.

Ich wurde Eins mit ihm.
Jetzt konnte ich die ganze Szenerie durch seine Augen sehen.
Eine Ansammlung von Menschen hatte sich in einem Halbkreis ums
Gehege gestellt und beobachteten das Geschehen.
Unter ihnen Ralf, Heike und Birgit.
Es war außerordentlich still.
Die anderen Wölfe duckten sich unterwürfig vor ihm auf den Boden
und fiepten leise, oder scharrten mit ihren Krallen die Erde auf.
Es war unbeschreiblich.

Doch es war auch schnell wieder vorbei.

Er schüttelte meinen Blick ab, schnappte mit seinem Kiefer nach links
und rechts und reckte seinen großen Schädel zum Himmel.

Seine Nasenlöcher sträubten sich und er sog tief die Luft ein.
Birgit war plötzlich neben mir und zog mich am Arm.

"Komm mit, -schnell. Mir ist das alles unheimlich peinlich und wir
werden von Allen beobachtet!"
Jetzt erst wurde ich mich der absurden Situation bewusst.
Sein markerschütterndes Geheule zog wieder alle Blicke auf ihn und
instinktiv drehte auch ich meinen Kopf nach oben.

"Untersteh Dich!!!"
Sie rammte mir den Ellbogen in die Rippen dass mir die Luft wegblieb.

Unter vielen fragenden und merkwürdigen Blicken nahmen sie mich
in die Mitte und wir liefen schnell zum Ausgang.

"Was war das denn???"
Ralf war der Erste der was sagte, nachdem wir den Zoo verlassen
hatten und vor dem Auto standen.
"Es hätte nur noch gefehlt dass Du den Fuß gehoben hättest,...!?"

"Das war nicht witzig! Ich hatte voll Angst, -obwohl es auch total
faszinierend war!"
Das Gesicht von Heike glühte.

Ich drehte mich zu ihnen um.
"Keine Ahnung!?
Ich konnte plötzlich durch seine Augen sehen.
Es war,...?... es war ...,
- Unbeschreiblich!"

"Nein, -es war unheimlich!
Aber auch unheimlich erregend!"
Birgit drückte sich eng an mich.

"Lasst uns gehen!"
Ralf öffnete die Türen und wir stiegen ein.

96 ("Songs from the Wood" - Jethro Tull)

Es dauerte noch eine Weile bis ich wieder komplett im Hier und Jetzt
war.
-Fahrtwind durchs Schiebedach, gute Musik und Birgit, die mir vom
Rücksitz den Nacken massierte, holten mich wieder ab.
Ich konnte es mir immer noch nicht erklären!

"Hunger?
Was wollen wir Essen?", fragte Ralf.
"Pizza!!" Die Rückbank hatte entschieden.

Was dann folgte, war ein super schöner Abend.
-Obwohl das merkwürdige Ziehen in meinem Körper wieder zunahm.
Keiner erwähnte auch den Zwischenfall am Nachmittag mehr.

Wir waren gut gestärkt von einer leckeren Holzofenpizza und gingen
dann in die Stadthalle.

-Ausverkauft!
Fünftausend Fans freuten sich mit uns auf "Jethro Tull"!.
Und die lieferten ab.
Ian Anderson und Martin Barre` waren in Hochform.

Ich war sehr froh, dass Birgit so ziemlich den gleichen Musikgeschmack hatte wie ich.
Ihre Lieblingsband war Genesis und wir fieberten auch schon dem morgigen Konzertfilmabend im Jugendhaus entgegen.

Nach drei Stunden mit "Vier!" Zugaben war das Erlebnis allerdings zu Ende und wir gingen gemächlich zum Parkplatz.
Jeder von uns hatte eine Melodie auf den Lippen. Wir waren gut drauf!

Es störte mich auch überhaupt nicht, dass der Mond in seiner ganzen Größe wieder über uns thronte und seine Fühler nach mir ausstreckte.
Ich hatte mich total unter Kontrolle, was mich selber nach diesem Nachmittag wunderte!?
"Vielen Dank für den schönen Tag und Abend.
Uns wird da schon was einfallen wie wir uns dafür revanchieren können!!"
Heike und Birgit hatten sich gegenseitig eingehängt und grinsten uns jetzt herausfordernd an.

"…okay?", -Ralf grinste breit zurück und mich überkam eine leichte Röte.

-Aber gleichzeitig beschlich mich ein seltsames Gefühl. Ich konnte es nicht zuordnen, -greifen!?

Es war wie eine Vorahnung.
Birgit fiel es auf als ich immer wieder auf dem Sitz hin und herrutschte und dabei meine Schultern zurückzog. Außerdem saugte ich die Luft wieder stark durch die Nase ein.

"Geralt?"
Sie legte mir wieder von hinten die Hand auf die Schulter.
"Alles gut?"

"Hhm? -Weiß nicht! Irgendwas stimmt nicht. Ich kanns aber nicht beschreiben!"
Ein leichtes Frösteln legte sich mir auf den Rücken.

Es dauerte fast eine Stunde bis wir vom Parkplatz runter und aus der
Stadt draußen waren.
Heike schlief auf dem Rücksitz ein und auch Birgit gähnte immer
wieder, ließ aber ihre Hand auf meiner Schulter liegen.
"Geht`s?" fragte ich Ralf.
Ich wusste dass er weiß was ich mit meiner Frage meinte.
"Ja, solange ich fahre bin ich nicht müde. Das kommt erst nachher. Wie
ist`s bei Dir, -Besser?"
"Geht, -aber immer noch komisch!"
Immer wieder, je nach Fahrtrichtung blickte der Mond durchs
Seitenfenster.

Ralf wollte wieder bei Heike übernachten und so fuhr er natürlich erst
Birgit und mich nach Hause.
Kurz vor zwei Uhr bog er in unsere Straße ein.

Ein Polizei- und ein Notarztwagenwagen parkten auf unserem
angestammten Platz und ein Beamter stand vor der offenen Haustür.
Im ganzen Haus brannten die Lichter.

"Was`n da los?"
Ralf stellte das Auto mitten auf der Straße ab und gleichzeitig sprangen
wir raus.
Der Polizist stellte sich uns in den Weg.
"Ma???", riefen wir beide.
"Wer seid ihr?", er ließ uns nicht vorbei.
"Wir wohnen hier mit unserer Mutter! -Was ist passiert?"
Meine Unruhe und das Ziehen verstärkte sich und ich wollte an ihm
vorbei!
"Könnt ihr euch ausweisen?"
Jetzt standen auch Birgit und Heike hinter uns.
"Sonja?, Sonja? Was ist los?", rief Birgit ins Haus.

"Achtung, -aus dem Weg! Vorsicht!"
Zwei Sanitäter kamen mit einer Bahre aus dem Hausflur.
Der Polizist drängte uns zur Seite.

Unsere Mutter lag angeschnallt auf der Bahre, mit einer Decke bis zum Hals zugedeckt.

Über dem Mund hatte sie eine Sauerstoffmaske von der ein bläulicher dünner Schlauch zu einer Flasche führte die neben ihrem rechten Arm lag.

Sie hatte die Augen geöffnet, sah aber irgendwie benommen aus.

"Ma!?" Ich schob den Beamten trotzig weg, trat an ihre Seite und griff ihre Hand.

"Geralt!", es war nur ein Flüstern, aber ich hörte sie gut.

"Zur Seite jetzt!" -jetzt wurde der Sanitäter barsch.

"Geht aus dem Weg, wir müssen mit ihr ins Krankenhaus!"

Sie schoben die Bahre in den Rettungswagen und verankerten diese im Inneren.

"Darf jemand von uns mitfahren?"

Ralf blickte die beiden an.

"Angehörige?", fragte einer.

"Ja!"

"Gut. Jemand kann vorne mit einsteigen. Mein Kollege muß hinten bei Ihr bleiben."

"Ich fahr mit!", ich wusste dass sich Birgit nicht davon abbringen liess.

"Okay, -wir kommen mit dem Auto hinterher, -ich denke wir müssen hier noch ein bisschen was klären?"

Sie gab mir einen flüchtigen Kuss und stieg auf der Beifahrerseite ein.

"He,- wo bringt ihr sie denn hin?", gerade noch bevor er losfuhr.

"Nach Neu-Ulm! -Innere, zweiter Stock!", rief mir der Fahrer noch zu, dann rauschte er los.

"Bitte fahrt erstmal das Auto zur Seite!", jetzt höflicher, aber bestimmt forderte uns der Beamte auf.

Ralf erledigte das schnell.

Dann standen wir alle drei wieder vor der Haustüre.

"Ihr könnt noch nicht rein. -Spurensicherung!", irgendwie nahm sich der Beamte sehr wichtig!

"Was ist denn überhaupt passiert, das dürfen und können sie uns doch sicher sagen?", jetzt wurde auch Ralf ungeduldig.

Mit einem kurzen Nicken gab er uns die Ausweise zurück.

"Vor knapp eineinhalb Stunden ging der Notruf bei uns ein.
--Einbruch mit Körperverletzung.
Als wir eintrafen öffnete uns niemand die Türe. Die Kellertüre war aber offen und wir fanden eure Mutter im Hausflur neben dem Telefon, sichtlich benommen und kollabiert.
Sie hatte uns aber zum Glück noch anrufen können.
Mehr kann ich euch auch noch nicht sagen, ich durfte ja dann hier draußen Wache halten."

"Und nun?" Wir schauten uns an und jedem von uns war der Schrecken ins Gesicht geschrieben.

"Es kann durchaus noch eine Weile dauern, bis die Spurensicherung hier fertig ist; - und dann wird sicher nicht vor morgenfrüh ein Gutachter der Versicherung sich alles nochmals anschauen und eine Bestandsaufnahme durchführen. Da müsste dann auf jeden Fall auch jemand von Ihnen dabei sein?"

"-Also wenn ich das richtig versanden habe, können wir hier heute Nacht auch nicht schlafen?", ich blickte den Beamten an.
"Ja, das haben sie richtig verstanden!"

Ich wollte aber unter allen Umständen ins Haus!

"Okay!", ich überlegte kurz.
"Ich denke wir zwei werden dann gleich ins Krankenhaus fahren?"
Ralf nickte mir zu.
"Kommst du auch mit, oder magst du heim?, fragte Ralf an Heike gewandt.
"Ich komm mit, - jetzt geh ich nicht alleine nach Hause!"

Ich wandte mich wieder dem Polizisten zu.
"Ist es möglich, dass ich mir ganz schnell frische Wäsche und meine Zahnbürste hole? Ich bin nicht auf ein Auswärtsspiel vorbereitet!"

"Zahnbürste ist okay, aber die frische Wäsche müssen sie auf morgen verschieben. Die Kollegen waren noch nicht im 2.Stock."

"Gut! Geht schon mal zum Auto, bin sofort wieder da." Ralf nahm
Heike am Arm.

Der Beamte drehte sich um und sprach in sein Funkgerät.
"Sie können rein."
Schnell lief ich durch den Flur, da kam mir an der Treppe schon sein
Kollege mit Fotokamera entgegen.
"Hallo, ich begleite sie ins Bad."
Beim Hochgehen blickte ich mich um, konnte aber nichts auffälliges
entdecken. Die Türen zum Wohnzimmer und Küche waren angelehnt.
Mutters Schlafzimmertüre stand weit auf und ein weiterer Beamter
war auch hier mit Fotoaufnahmen beschäftigt und verdeckte mir die
Sicht.
Im Bad sah es so aus wie immer und ich schnappte mir die
Zahnbürste, meine Jogginghose, die über dem Badewannenrand hing
und ein großes Duschtuch.

Die ganze Zeit aber sog ich die Luft tief durch die Nase ein.
Ich extrahierte die ganzen Gerüche und Geschmäcker die sich
miteinander vermischten und ordnete sie zu. Meine Sinne leisteten
Höchst- und Präzisionsarbeit!

Und ich wurde, -wenn man dies so sagen konnte, -fündig!!

98 ("Silent lucidity" - Queensryche)

Wir fragten an der Anmeldung.
Tatsächlich zweiter Stock.

Birgit saß zusammengekauert auf einem der Plastikstühle.
"Hey!", sichtlich erleichtert begrüßte sie uns.
"Sie haben sie da rein gebracht, und seitdem warte ich hier."

"Noch keine Info?"
Sie schüttelte den Kopf.
"Weiß die Polizei was passiert ist?"

"So genau noch nicht. Es wurde eingebrochen und Ma wurde überfallen. Sie konnte aber noch den Notruf alarmieren."
Ich setzte mich neben sie und stützte den Kopf in die Hände.
Ralf und Heike verabschiedeten sich kurz zum Rauchen.

"Wissen sie wer es war, oder warum?"

Ich nahm den Kopf hoch, schnaufte hörbar ein und blickte sie an.
"Ich glaube, -Sie, -wissen es noch nicht!?"
"Du???", sie flüsterte plötzlich.

Ich stand auf und ging ein paar Schritte im Kreis.

"Ich bin mir sicher!"

Die Türe zum Behandlungsraum ging auf.
Ralf und Heike kamen ebenfalls zurück.
"Guten Abend. Sind sie die Angehörigen?"
Wir nickten alle.
"Ich bin Dr. Faisst." Er nickte zurück.
"Ihre Mutter?…", wieder nickten wir.
"Sie hat einen Kollaps und schweren Schock erlitten. Außerdem muß sie gestürzt sein und hat sich dabei den Kopf angeschlagen, was wohl zu einer leichten Gehirnerschütterung geführt hat.
Innere und offene Verletzungen weist sie keine auf.
Sie wurde mit Chloroform betäubt.
Wir haben ihr ein Schlafmittel gespritzt und das Chloroform wird sich in ein paar Stunden verflüchtigt haben.
Wie sich das alles auf Ihre Psyche, ihre Motorik und somit auch auf Ihr Wohlbefinden auswirkt kann ich noch nicht sagen."
"Können wir zu ihr?", fragte Birgit.
"Nein, -heute Nacht nicht mehr.
Wir werden Sie auf jeden Fall die nächsten Tage hierbehalten müssen!"

"Danke, Hr. Doktor." Ralf drückte ihm die Hand.
"Können wir irgendwas tun?"

"Im Moment nicht, -aber für morgen könnten sie ihr ein paar frische Sachen usw. bringen."

"Das werden wir übernehmen!" Heike blickte zu Birgit, die eifrig nickte.

"Also dann, -Gute Nacht!", er gab jedem von uns die Hand.
"Und, Kopf hoch. Sie wird schon wieder.
Sie hat ein starkes Herz!"

Mit diesen Worten verabschiedete er sich und wir gingen zum Auto.
Ich ging wieder als Letzter, blieb am Strassenrand stehen und hob den Kopf und sah zu "Ihm" auf.

"Ist das dein neuer Plan?
Kommst Du mir jetzt so blöd, weil Du mich nicht kriegst???"
Ich schrie Ihn an.
"Nein, -den Gefallen tu ich Dir nicht!!!
Niemals!!!"

Ralf zog mich über die Strasse zum Auto.
"Komm jetzt und spinn hier nicht rum! Der ist soweit weg, - bis du den kriegst dauert`s ewig!"
Er drückte mich auf den Beifahrersitz.
Zwei, drei tiefe Atemzüge später und ich war wieder okay.

Wir fuhren langsam zurück und legten dabei fest war wir in der Frühe alles erledigen sollten.
Es war kurz nach vier Uhr, also hatten wir nicht viel Zeit zum Schlafen.
"Ach so!", ich drehte mich zu Birgit um.
"Wir müssen jetzt wohl zu dir nach Hause! Bei uns wohnt heute Nacht die Polizei!"
"Geht klar. Das hab ich mir schon vorhin gedacht. Meine Eltern sind ja nicht da, -als kein Problem."

"Der Tag war so schön, -und jetzt?",
für Heike war das alles zu viel und sie ließ ihren Tränen freien Lauf.
Birgit nahm sie in den Arm.

"Ja, das stimmt. Der Tag war zu schön! Mein Gefühl hat mich nicht betrogen."

Ich ballte instinktiv die Fäuste.

"Erzähl`s mir morgen,-ohne die Mädels!"
Ralf wusste, dass ich was wusste, was andere noch nicht wussten!?

99 ("Surrounded" - Dream Theater)

Es war eine sehr kurze Nacht, -ohne Schlaf und sonst was.
Ralf holte uns um acht Uhr ab.

Vor dem Haus wartete schon ein Mann im grauen Anzug und mit
Aktenkoffer. Es war der Gutachter.
Wir stellten uns gegenseitig vor und gingen dann hinein.
"Die Polizei hat alles aufgenommen und gesichert. Jetzt geht es um die
Schadensaufnahme.", erklärte er uns und holte Stift und Papier aus
seinem Koffer.
"Wir gehen dabei von Zimmer zu Zimmer und zuletzt nehmen wir
eventuelle Gebäudeschäden auf!"

"Und ich die Witterung!", dachte ich bei mir.

Nach eineinhalb Stunden waren wir fertig und er verabschiedete sich.

Unsere Stereoanlage, Schallplatten, meine Armbanduhr und mein
Fahrrad waren weg. Ralf hatte eh nicht mehr viel von seinen Sachen im
Zimmer; -und er würde sich hüten, dem Gutachter von seinem
Tabakbeutel mit den Joints zu erzählen. Der war aber leider auch weg!!

Was meiner Mutter fehlte, oder ob sie irgendwelche Wertsachen im
Schlafzimmer hatte konnten wir nicht sagen. Die Waffe meines Vaters
war ja schon lange sichergestellt.
Ihren Einkaufsgeldbeutel fanden wir jedenfalls leer in der Küche.
Es sah auch nicht so aus wie man es sich nach einem Einbruch
vorstellt.
Klar, fehlten ein paar Sachen, -aber es war nirgends Verwüstung,
Durcheinander oder Vandalismus!?

Es "roch" eher nach etwas Persönlichem!? Und ich war mir jetzt noch sicherer als vorher!
Heike und Birgit packten schnell für unsere Mutter zusammen.
Wir teilten uns auf.
Für die Mittagszeit verabredeten wir uns wieder im Krankenhaus.

Zu unserem Glück hatte Heike auch den Führerschein und so konnten die Mädels mit dem Auto unserer Mutter ins Krankenhaus fahren.
Ralf und ich wollten bei der Polizei vorbei und die Protokolle unterschreiben und uns auf den aktuellen Tatbestand bringen lassen.
Danach zur Videothek, den Videobeamer und die Leinwand für den Abend holen.
"Das wird zeitlich ganz schön knapp?, -aber gut dass du hilfst!"

"Hhm!"

Senden hatte noch keine eigene Polizeistation und so mussten wir nach Weißenhorn fahren.

"Also, -erzähl. Ich hab dich vorher beobachtet. Du hast nicht groß nachgeschaut was fehlt. Du hast nach Spuren gesucht! -Oder soll ich sagen "gewittert"?"

"Ja, ich weiß wer`s war!" Ich hatte unmerklich wieder die Fäuste geballt.
"Und? -Erzähl einfach und lass dir nicht alles aus der Nase ziehen!"

"Es war Rudi und die beiden anderen. Sein Geruch war überall. Schweiß und Angst!
Und weißt du noch was er auf dem Friedhof gesagt hat?
Er wird Wolfgang rächen!
-Es hat begonnen!"

"Hhm?" -Jetzt war es Ralf.

Klar, -die Beamten die heute Nacht vor Ort waren hatten jetzt frei, und so dauerte es gefühlt ewig, bis endlich ein Beamter mit den Papieren auftauchte.

Wir mussten noch ein paar der üblichen Fragen beantworten und dann durften wir das Protokoll einsehen.
Gespannt lasen wir es durch:

-Ma wurde wohl von Geräuschen wach und ging nach unten, da sie dachte wir wären zurück.
Sie wurde hinterrücks überfallen und betäubt, konnte sich aber deutlich an mindestens zwei Schatten erinnern.
Als sie wieder zu Bewusstsein kam rief sie mit letzter Kraft den Notruf, aber das war auch alles von Ihr.
Den Spuren nach mussten es aber eindeutig drei Täter gewesen sein.-

Mein Verdacht wurde bestätigt.

"Bitte halten sie sich in den kommenden Tagen zur Verfügung. Die Kollegen werden vielleicht noch die ein- oder andere Frage an sie haben!"
Der Beamte nahm die Papiere wieder an sich.

"Blah,blah,blah!" -Für mich war alles klar und ich wollte schnell gehen.

"Haben sie schon einen Verdacht, -oder einen konkreten Hinweis, -und war`s das jetzt schon?" Ralf fragte ernsthaft nach.

"Das war`s, -wie gesagt. Die Kollegen werden sich melden!"

"Lass uns gehen, wir haben eh keine Zeit mehr!
Danke und Auf Wiedersehen."
Ich stand auf und Ralf folgte mir.

"Wahrscheinlich erfahren wir von Ma mehr wenn sie wieder fit ist. Das war ja jetzt für`n Arsch! Zeitverschwendung!"
Ärgerlich setzte er sich hinter`s Steuer und drehte die Musik auf.

Wir fuhren zur Videothek. Wenigstens dort ging es schnell. Es war schon alles hergerichtet.
Die große Leinwand passte nicht ganz ins Auto, -aber wir konnten sie durch`s Schiebedach rausstehen lassen.

Nachdem wir ausgeladen hatten holten wir noch ein paar süße Stückle aus der Bäckerei und fuhren dann zum Krankenhaus.

"Was können wir tun, oder soll ich fragen, was hast Du vor wenn sich dein Verdacht bestätigt?"
Berechtigte Frage an mich.

"Ich bin mir sicher!
Es ist Vollmond.
Ich töte sie alle, - und schieb`s auf den bösen Wolf!"

"Haha, -Spinner.
Jetzt mal ganz im Ernst. Die Mädels werden nicht mehr allein aus dem Haus gehen. Die haben Angst. Heike hat heute schon kein Auge mehr zugemacht und immer wieder die Fenster und Türen kontrolliert."

"Birgit geht`s doch gleich, -auch wenn sie es nicht zugibt. Sie wird wahrscheinlich auch nie mehr bei uns übernachten? Ich kann ihre Angst riechen!"

"Mann, Mann, Mann, -so `ne Scheiße hatten wir lange nicht!"

Stimmt. Und der Auslöser war ich.
Aber von keinem kam ein Wort des Vorwurfs.
Es war eine Bestätigung für mein Handeln.
Nur, -der Bogen war endgültig überspannt!

Um kurz nach Eins waren wir im Krankenhaus.

Ma war auf ein ruhiges Zimmer im dritten Stock verlegt worden.
Ralf klopfte.

"Ja!"
Wir traten ein.
Ma saß im Bett, gestützt durch eine Kissenburg die um sie gestapelt war und die hochgestellte Rückenlehne.

Heike und Birgit saßen links und rechts von ihr und Birgit hatte einen Teller Suppe und einen Löffel in der Hand.

"Hey Ma!" Ralf ging zur rechten und ich zur linken Seite.
Er nahm ihre freie Hand.
An der anderen war sie durch eine Nadel in ihrem Handrücken und
einem Schlauch mit einem Tropf verbunden, der an einem
metallischen Gestell aufgehängt war.
Ihr Gesicht war käseweiß und die Wangen eingefallen.
Sie roch krank und ängstlich zwischen Gerüchen von
Desinfektionsmitteln, Wäschesteif und Rinderbrühe.

"Mensch, -was machst Du denn für Sachen?" Es sollte aufmunternd
von mir klingen.

"Schön dass ihr jetzt auch da seid!" Ihre Stimme war nicht mehr als ein
Flüstern und das sprechen fiel ihr schwer.
Sie blickte zwischen uns beiden hin und her.
"Nehmt ihr mich mit nach Hause?"

"Nein, Ma. Da muß es dir erst noch besser gehen und der Arzt sicher
sein, dass dein Zustand stabil bleibt! Solange darfst Du hier noch "All
Inclusive" geniessen." Ralf schaffte es ihr ein leichtes Lächeln ins
Gesicht zu zaubern.

"Was ist mit mir passiert? Ich kann mich an fast nichts erinnern und
wenn ich es versuche tut mein Kopf weh?"
Ihr Flüstern galt jetzt mir.

"Streng dich nicht an, Ma. Das wird alles wieder. Du hast Dir den Kopf
gestoßen und die Medikamente wirken auch immer noch.
Ruh` dich aus und lass dir Zeit. Du wirst sehen, es wird dir schon bald
besser gehen!?"
Alle stimmten mir zu und sie lehnte sich erschöpft zurück.
Ich dachte bei mir es ist besser vorerst mit ihr nicht über den Überfall
zu sprechen.

Die Türe ging auf und die Stationsschwester kam herein.
"Hallo, -was ist denn hier für eine Versammlung?"
"Meine Jungs!", Ma versuchte die Arme auszubreiten, aber dafür
reichten ihre Kräfte noch nicht aus.
"Das ist ja schön, -aber ihr müsst jetzt leider gehen.

Ich muß eure Mutter jetzt mitnehmen für ein paar weitere Untersuchungen und danach wird wieder brav geschlafen!"
Sie war eine stattliche Person und trat sehr resolut aber trotzdem mit freundlichem Unterton auf.

Ich beugte mich zu Ma und küsste sie auf die Wange.
"Wir werden Dich morgen wieder besuchen kommen. Bitte mach jetzt keine Dummheiten und tu was die Schwester und der Arzt zu dir sagen! Versprochen!?
Du wirst schnell wieder gesund werden!
Ich liebe Dich!"

"Versprochen! Keine Dummheiten! Und Du?"
Sie flüsterte es mir so leise ins Ohr, dass nur ich es hören konnte.
"Keine Dummheiten!" antwortete ich ihr. "Versprochen!"

Nachdem sich alle von Ihr verabschiedet hatten gingen wir nach draußen zu den Autos.

"Gut gemacht, Geralt!", sagte Ralf zu mir.
"Sie soll sich erst wieder erholen."

"Und wir jetzt auch ein bisschen! Lasst uns heimfahren. Sehen wir uns heuteabend?"
Heike blickte Birgit und mich fragend an.
"Ich denke schon, oder?", Birgit nickte und ich auch.
"Außer wir verschlafen, -aber das glaub ich eher nicht. Es ist Vollmond!"
Sie warf mir einen schrägen Blick zu.
"Lasst uns gehen! Ma ist hier gut aufgehoben und wir brauchen wirklich auch ein paar Stunden Ruhe!"

100 ("Cinema Show" - Genesis)

Ich packte noch meine Sporttasche mit ein paar frischen Sachen. Birgit wollte nicht mit rein gehen.

Gemeinsam gingen wir dann zu ihr.

"Du hast eine Vermutung wer`s war?"
Sie stellte mir die Frage als ich meine Tasche auspackte.
"Ich bin mir sicher!"
"Rudi?"
"Hhm."
"Was willst Du tun?" Neugier, aber auch Sorge lagen in Ihrer Stimme.

"Ich geh` Duschen!"
Ich zog mein T-Shirt aus, liess sie stehen, spürte aber ihre Blicke auf
meinem durchtrainierten Oberkörper.

Das warme Wasser lief mir wasserfallartig über den Kopf.
"Ja, was sollte und wollte ich jetzt tun?" Ich stellte mir selber die Frage,
-konnte sie aber nicht beantworten.
"Erstmal muß Ma wieder auf die Beine kommen. Ich habs ihr
versprochen!" Ich seifte meine Haare ein.
"Keine Dummheiten!!!"

Die Schiebetür der Duschkabine wurde ein Stück weit aufgeschoben.
"Klopf-Klopf! Darf ich mit reinkommen?"
Ein nacktes Bein streckte sich durch den Türspalt.
"Klar, -immer!"
Sie war nackt, wie Gott sie geschaffen hatte und einfach nur
wunderschön!
Wir liebten uns als gäbe es kein Morgen!

Kurz vor sieben Uhr gingen wir los.

Als wir am Mittag die Sachen ablieferten hatte Ralf für uns vorsorglich
die Couchecke reserviert. Also brauchten wir uns keine Eile wegen
guter Plätze machen.
Ich wusste dass die Jungs auch alle kommen wollten und so war es
eine willkommene Abwechslung und Ablenkung.

"Freu` mich auf Yessongs! Die Dreier-LP ist klasse. Hoffe das kommt
im Film so rüber?"
"Tja, -die LP ist jetzt wohl futsch!", entfuhr es ihr.

"Sorry, hab nicht nachgedacht!" Eigentlich wollten wir ja nicht mehr darüber reden.
"Lass uns einfach Spass haben!"

Der große Raum im Jugendhaus war mit dicken Vorhängen vor den Fenstern komplett abgedunkelt. Da es draußen noch lange hell war, wollte man so die Bildqualität nicht schmälern.

Direkt vor der großen Leinwand waren Decken auf dem Boden ausgebreitet, dahinter standen drei Reihen Bierbänke und zur Rückwand hatte man Stehtische mit Barhockern aufgestellt. So hatten alle Besucher optimale Sicht.
Einzig die Couchecke war etwas verwinkelt dahinter und man musste die Köpfe recken um zur Leinwand zu sehen. Dafür saß man aber bequemer.

Es sollte um acht Uhr mit "SecondsOut" von Genesis losgehen.

Wir standen noch draußen im Garten und warteten.
Ralf und Heike waren natürlich schon einiges früher da. Er brachte uns ein Bier und sah ganz schön groggy aus.
"Na, konntet ihr etwas schlafen?"
"Nein, nicht so richtig." Birgit grinste Heike an.
"Wir auch nicht!" sagte Ralf.
"Zu viel Kopfkino. Dann bin ich her und hab hier alles fertiggemacht. So wie`s aussieht wird`s trotz des schönen Wetters voll!?"
"Dann lohnt sich euer Aufwand wenigstens!", sagte ich zu ihm.
"Habt ihr euch verdient!", ich stieß mit ihm an.

"Hey, da seid ihr ja?!" Conny kam voraus und die Jungs hinterher. Es waren alle dabei.
"Wo wart ihr denn? Wir haben öfters bei Dir angerufen aber niemand ging ans Telefon?" begrüßte mich Fräulein.
"Wir wollten Dir sagen dass wir uns um halbsieben bei Sepp auf `ne Currywurst treffen und dann hierher gehen."
"Nicht mal deine Mutter war da!?"

-Okay, sie wissen also von nichts. Dann sollte es auch vorerst dabei bleiben.

"Oh, schade, -da wär ich gern mitgekommen!" Birgit umarmte Fräulein, sagte aber sonst auch nichts zu ihnen.
"Tja, -somit ist dir nicht nur die Wurst, sondern auch das hier entgangen!"
Er vollführte eine elegante Bewegung und präsentierte sich wie ein Model. Er hatte, gleich wie Schaufel, ein Shirt vom "Barclay James Harvest"-Konzert in Ulm an.
Ich trat neben ihn und sagte:
"Du siehst zum Anbeißen aus, Fräulein!"
"Nein, nein, -von Dir lieber nicht!", er legte beide Zeigefinger zum Kreuz und hielt sie mir vors Gesicht.
Schön dass wir wieder alle Lachen konnten, aber genauso hatte ich es heute Abend auch erhofft.

Kurz vor Acht gingen wir nach drinnen und setzten uns in die Couchecke. Conny und Birgit nahmen sich zwei Stühle damit sie besser sehen konnten.

"Klasse von deinem Bruder, dass er uns den Platz reserviert hat. Das erste Bier ist auch für jeden von euch umsonst!"
Fräulein stellte einen halbvollen Bierkasten auf den Boden neben die Couch. Wir sahen ihn alle verwundert an.
"Ja, -es ist noch etwas Geld übrig! Ihr wisst doch noch?"
Er setzte sein breitestes Grinsen auf.
-Und ob wir das alle noch wussten!
Prost!

Der Raum war bis auf den letzten Platz gefüllt und wie bei einem Live-Konzert ging jetzt das Licht aus, was mit einem kurzen Applaus begrüsst wurde.
Durch den professionellen Videobeamer war die Bildqualität gut, und der Sound war klasse.
Ralf hatte alle Boxen miteinander verkoppelt und so schallte es aus jeder Ecke.
"Squonk" -Der Opener. Einige klatschten mit, aber die meisten hörten und sahen nur zu.
Birgit und Conny versanken komplett in der tollen Atmosphäre.
Ich gönnte mir mit Schaufel und Berber noch jeweils eines der "Freibiere". Dann war der halbe Kasten leer.

"Da müssen wir zum zweiten Film nochmals Nachschub holen", sagte ich leise zu Schädel.
"Dann legen wir aber zusammen!"
"Klar!"

Nach sechzig Minuten gab es eine Pause.
Genesis hatte ausgespielt, jetzt war Yes dran.

Ralf nutzte es um alle Fenster zu öffnen und zu lüften.
Türe nach draußen auf und es gab einen erfrischenden Durchzug.
Wir standen im Hof vor dem Garten und rauchten eine.
Aufgrund des Beamers und der Bildqualität durfte man diesmal drinnen nicht rauchen.
"War klasse. Die würde ich so gerne mal live sehen!"
Birgit war begeistert und auch uns hatte es allen sehr gut gefallen.

Es war dunkel geworden und "Er" liess auch schön grüßen!

"Alles okay?", fragte mich Schaufel.
"Ja, etwas schummrig, -aber das kommt glaub`eher vom Bier und der Luft."
-Immerhin hatte ich schon drei Halbe.
Aber trotzdem machte sich wieder eine innere Unruhe in mir breit.
-Vorahnung?

Wir holten nochmals eine halbe Kiste Bier. Birgit sah mich prüfend an.
"Wieviel Finger halte ich hoch?" Sie hielt mir eine Hand entgegen und lachte mich an.
"Du schläfst heute Nacht in meinem Bett, also pass auf!"
-Fingerzeig verstanden.

101 ("Close to the edge" - Yes)

"Yessongs"! - Mit dem klassischen Intro "Firebird Suite" wurde der Film eröffnet und ich fand den Sound und das Bild sogar noch besser als vorher.

Jetzt versank ich komplett in die Musik und das Bier machte mich trotz Vollmond müde.
Ich streckte mich auf der Couch aus und lehnte mich zurück.

Ralf kam geduckt unter dem Beamer hindurch auf mich zu.
"Du wirst mir nicht glauben wer da ist!?", flüsterte er.

Ich setzte mich auf und war plötzlich wieder hellwach.
"Nicht dein Ernst?"
"Doch, alle Drei. Sitzen vorne an der Bar, haben ein Bier vor sich und tun als wenn nichts wäre! Müssen vor kurzem gekommen sein. Ich war vielleicht für 10 Minuten oben."
Mit oben meinte er die kleine Teestube im 1.Stock, in der sie ab und an mal ein Pfeifchen oder ähnliches rauchten.

Ich reckte den Kopf und blickte vorsichtig zur Bar.
Tatsächlich.

Schräg an der Ecke an der es zu den WC`s und auf den Gang hinausführte saßen sie auf einer Bierbank.
Alle drei wieder mit schwarzer Hose und Shirt, -nur Rudi fiel aus dem Rahmen.
Er hatte über seinem schwarzen Shirt eine weiße Lederjacke an.
Sehr provozierend.
Sie konnten und hatten uns von ihrem Platz aus noch nicht gesehen.

"Was machen wir jetzt?" Ralf sah mich an.
"Scht...seid ruhig", Birgit drehte sich zu uns und hielt ermahnend den Finger vor den Mund. Als sie aber meinen Gesichtsausdruck sah, schlüpfte sie vom Stuhl und rutschte zu uns rüber.
Auch die Jungs waren aufmerksam geworden und beugten sich jetzt zu uns nach vorne.
"Was ist los?", alle spitzten die Ohren als Birgit uns fragte.
"Sie sind da!" Ich brauchte keine Namen zu nennen.
"Und jetzt?" Schaufel blickte mich an und ich konnte seine Bierfahne riechen.
"Jetzt werd` ich es zu Ende bringen!"
-Entschlossenheit.
"It all stopps here!"

"Du wirst gar nichts machen! Du hast es deiner Mutter versprochen!",
trotz des Flüstertons wurde ihre Stimme leicht hysterisch.
Sie interessierte mich jetzt nicht!
Ich blickte wieder hoch und nach vorne zu Ihnen.

In diesem Moment stand Rudi auf und ging Richtung WC`s.
Seine "Luden"-Lederjacke (wie ich sie für mich bezeichnete) leuchtete
im Halbdunkel.

Es war soweit! Jetzt oder nicht mehr! Ich musste schnell handeln!

"Ralf, -hast du `nen Schlüssel für die Toilette?"
Er nickte.
"Okay," ich blickte alle an.
"Jetzt könnt ihr mir helfen.
Haltet mir seine Hunde vom Leib. Ich geh Rudi auf die Toilette
hinterher.
Ralf, du gibst mir den Schlüssel.
-Und ihr alle passt dann auf, dass die beiden nicht auf dumme
Gedanken kommen??"
Alle nickten. -Selbst Fräulein.

"Geralt, -du spinnst! Hör auf, bitte." Birgit.

Die ersten Zuhörer drehten sich ermahnend zu uns um.

Schnell lief Ralf geduckt hinter die Bar und kam mit einem hölzernen
Baseballschläger zurück.
"Meine Versicherung!"
Schaufel blickte ihn an.
"Auch einen? Einen hab`ich noch!"
"Logo!", Schaufel nickte und gemeinsam duckten sie sich unter dem
Beamer und schlichen zur Theke.

"Also los!"

"Geralt!!?", flehte Birgit.

Ich liess Sie sitzen und stand schnell auf.

Ich machte mir nicht die Mühe mich zu verstecken und ging Rudi hinterher.

102 ("Los Endos" - Genesis)

Als er hörte wie die Türe aufging blickte er kurz auf. Er stand breitbeinig vor der Pissrinne und achtete anscheinend darauf, dass seine schwarzen Stiefel keine Spritzer abbekamen.
Es dauerte einen kurzen Moment bis er mich registrierte, aber der reichte mir.

Ich sprang ihm in den Rücken und er krachte frontal gegen die alten, gelblichen Fliesen. Gleichzeitig packte ich ihn an den Haaren und drückte sein Gesicht in die Wasserspüler. Die waren auf Brusthöhe angebracht, und sorgten dafür dass sich keine Rückstände in der Rinne blieben.
Er war aber leider zu groß dafür!

Dann trat ich zurück, steckte den Schlüssel ins Türschloss und drehte ihn langsam um!

"Hallo, hallo! Ich hab gehofft dass ich dich heut`treffen werde!",
gurgelte er und wandte sich schnell mir zu.
Seine "schöne" Jacke triefte und auch seine Hose war nass.
Mit feindseligen Augen fixierte er mich.

"Lass es uns beenden! -Ich warte schon so lange drauf und ich freue mich Birgits Gesicht zu sehen, -wenn sie dich nachher aus der Kantel ziehen werden!!!"
Er griff in seine Innentasche und holte ein Klappmesser hervor.
"Ich hab` auch einen Freund mitgebracht!" Metallisches Klicken und eine spitze, silberne Klinge funkelte mir entgegen.
"Du hast Deinen ja auch dabei!", er blickte durch die Lichtschächte zu "Ihm".

"Nein!, -der ist nur auf Besuch. Den brauche ich heut nicht!", ich war total fokussiert!

Ich spürte Rudi mit all meinen Sinnen, er roch jetzt noch widerlicher als zuvor. -Und, es war nicht nur Feindseligkeit, -es war purer Hass der aus ihm strömte!

"Hhm, -dann lass uns hier nicht rumquatschen!?"

Ich sprang ihm wieder entgegen und bevor er mit dem Messer ausholen konnte packte ich seinen Arm.
Doch er hatte anscheinend damit gerechnet, gab sofort nach und verpasste mir mit seiner anderen Faust einen Leberhaken.
Mir blieb die Luft weg und ich liess von ihm ab.
Anscheinend war sein Arm wieder verheilt?

Sofort stieß er mit dem Messer hinterher und erwischte mich mit der Spitze der Klinge an der Schulter.
Blut lief mir unter dem T-Shirtärmel den Oberarm herunter.

Es roch süßlich und meine Kiefer schnappten.
("Nein! -du darfst es nicht zulassen!"), ich unterdrückte den Impuls.

Die Klinge hoch über dem Kopf holte er weit aus.
Ich kriegte wieder Luft, ging dem Hieb entgegen und bekam seinen erhobenen Arm gerade noch so zu fassen.
Jetzt standen wir uns Auge in Auge gegenüber.
Er machte aber den gleichen Fehler wie ich damals auf dem Rummel.
Er übersah meinen nach hinten gereckten Kopf und meinen gespannten Nacken!

Mit aller Kraft rammte ich meine Stirn auf seinen Nasenrücken. Es gab ein fürchterliches Krachen und sofort schoss ihm Blut wie ein Wasserfall aus der Nase. Es strömte über sein Gesicht, in seine Augen und, (-nein, es tat mir nicht leid!), über seine weiße "Ludenjacke!".
Das Messer fiel ihm aus der Hand und seine Muskeln erschlafften.

Seine Nase war nur noch Matsch!
Mit einem lauten Schmerzensschrei sank er in sich zusammen und seine Hände versuchten den Blutstrom zu stoppen.
Rücklings lehnte ich ihn gegen eine der massiven, hölzernen Toilettentüren.

Keine Gegenwehr!

Blut, - überall an ihm und auch an mir war Blut.
Seines und Meines!
Lautes Klopfen von der Türe!
"Geralt,…mach auf!" -Birgit.

Nein, -ich war noch nicht fertig!?

Ich suchte nach dem Messer, fand es und hob es hoch.
Die silberne Klinge erstrahlte im gleißenden Licht von "Ihm" und übte
eine seltsame Anziehung auf mich aus!

"Kein Mitleid!"

Jetzt hielt ich das Messer hoch, -sah "Ihn" aus dem Augenwinkel, holte
aus und stieß zu.
Gleichzeitig riss ich mit meiner anderen Hand seinen rechten Arm
nach oben.

"Das ist für meine Mutter!!!", zischte ich.

Die spitze, scharfe Klinge drang durch seine Handfläche und wieder
schrie er auf.
Das Messer bohrte sich fast bis zum Heft ins Holz der Toilettentüre
und heftete seine Hand daran fest!

Ich setzte mich vor ihn.
Langsam nahm ich seinen Kopf in meine Hände und blickte ihm in
seine blutunterlaufenen Augen.
Ich spürte seine Schmerzen. Aber ich konnte jetzt auch Angst aus ihm
riechen.

Er hatte Angst vor mir.
Wie vor Wolfgang.
Er gehörte jetzt mir!
Und er würde machen was ich ihm sagte!

"Rudi? -Kannst du mich verstehen?"

Ich flüsterte ihm durchdringend ins Ohr.
Seine Augenlider zuckten.

"Für dich ist es hier vorbei.
Lass es gut sein!
Du hast verloren und solltest es nicht noch einmal so weit kommen
lassen!
Vielleicht hab` ich mich dann nicht mehr unter Kontrolle?
Hast du mich verstanden?"

Unter seiner vorgehaltenen Hand, die noch immer die Blutung seiner
Nase stoppen wollte, vernahm ich nun ein deutliches
"Ja".

"Ich nehm` Dich beim Wort!"
Sein Kopf sackte nach unten.
Erschöpft stand ich auf.

Das Klopfen und Rufen von der Türe wurde lauter.
Ich drehte den Schlüssel zurück und öffnete.

Birgit fiel mir fast entgegen, so vehement hatte sie gegen die Tür
gedrückt.
Sie nahm mich in den Arm, schlug dann aber fast gleichzeitig die
Hand vor den Mund als sie das Szenario hinter mir erblickte.

"Um Himmelswillen, Geralt!"
Es sah fast aus wie nach einer Kreuzigung.
Kein schöner Anblick!

Ich blickte mich um und verschaffte mir einen Überblick.

Ralf stand gleich vor der Türe mit dem Baseballschläger in der Hand.
Links und rechts von ihm meine Jungs.
Sie hatten Wort gehalten und ließen mich nicht im Stich.
Kampfbereit.
Schaufel mit einem weiteren Baseballschläger bewaffnet, Berber,
Schädel, -und selbst Fräulein, mit einer leeren Bierflasche in Händen.
So hielten sie Wolfram und Wolf-Dieter in Schach.

Dahinter stand Conny mit einer kleinen Sprühflasche Tränengas im Anschlag.

Ich löste mich aus Birgits Umarmung.

"Nehmt ihn mit und verschwindet!
Verschwindet, -ganz schnell, ...!"
Schreiend sprang ich auf die beiden los, stoppte abrupt vor Ihnen und geiferte sie an.
"Haut ab, ganz, ganz schnell!!!"
Sie zuckten zusammen wie zwei kleine Schülerbuben.

Ralf und die Jungs gingen wachsam zur Seite und machten ihnen den Weg zum WC frei.

Von der Strasse hörte man Sirengeheul.

Ralf hatte noch jemanden beauftragt die Polizei zu rufen.
Die rückte jetzt mit einem Mannschaftswagen an.
Fünf Mann hoch.

Tja, zu spät!

Sofort nahmen sie Ralf und Schaufel die Baseballschläger ab.
"Was ist hier los?"
Es war der Beamte vom Vorabend.

"Hier ist alles unter Kontrolle, Herr Wachtmeister! Fragen sie die da drinnen!", Fräulein salutierte vor ihm und zeigte dann in die Toilette.
Zwei Polizisten folgten seiner Aufforderung.
"Der Krieg ist vorbei!"
Wäre es nicht so ernst gewesen, hätte jetzt jeder von uns los gelacht.

"Wir kennen uns doch?", fragte er Ralf und mich.
"Ja.", antwortete ihm Ralf. "Von heute Nacht. -Dem Überfall auf unsere Mutter."
"Stimmt!" Seine Stimmlage veränderte sich.

Die Jungs schauten verwundert.

"Also, ich möchte wissen was hier los war und wer dafür verantwortlich ist?", -er zückte seinen Block und schaute mich an.
Klar, -blutverschmiert und stinkend!

"Ich war`s!" Fräulein trat einen Schritt vor.
"Nein, -ich!", Schaufel tat`s ihm gleich.

"Okay, dann geb ich`s zu.", -Berber. -"Ich war`s!"

Conny und Birgit streckten ihm die Hände entgegen.
"Verhaften Sie uns, -wir waren`s!"

"Ich auch!", Schädel vollendete den Kreis.

Der Beamte schüttelte verwundert den Kopf.
"Was seid Ihr denn für eine Truppe?"

"Wir sind Freunde! - Beste Freunde!!
Und übrigens, ich war`s auch!"
Ralf nahm ihn zur Seite und versuchte ihm alles zu erklären.

Jetzt traf der Notarzt ein.
Dr. Koppold!

"Du?",
er sah mein blutverschmiertes T-Shirt und meinen Arm.
"Nein, - Mit mir ist alles okay! Da drin!"
Ich deutete aufs WC.
Er nickte nachdenklich und ging dann schnell an mir vorbei.

Ich drehte mich um und suchte Birgit.
Sie saß zusammengesunken auf einer der Treppenstufen die nach oben führten und vergrub ihren Kopf in den Händen.

"Hey?"
Ich setzte mich neben sie.
"Auch Hey!", nur ein leichter Hauch.
Sie sah nicht auf.

"Geralt! Es muß jetzt vorbei sein. Bitte?
Es ist genug. Ich kann auch nicht mehr. Es muß endgültig Schluss
sein!?"
Ich legte meinen Arm um sie.
Sie fühlte sich an wie Pergament.

"Es ist vorbei!
Versprochen!"

"Du stinkst! -Und wie Du wieder aussiehst?!"
Sie versuchte zu lächeln, aber es gelang ihr nicht.

103   ("When snow falls down" - Silhouette)

Drei Monate später.

Dezember.

Der erste Schnee war gefallen.
Viel zu spät für die Jahreszeit, -aber doch noch rechtzeitig!
Es war kurz vor Weihnachten.

Ma schmückte den Baum und Birgit legte ihr alles bereit.

"Es hat aufgehört zu schneien. Hast Du noch Lust auf `nen
Spaziergang? Wir sind hier gleich fertig?"
Draußen war`s bereits dunkel und die Wolken klarten auf.
Es würde kalt werden und auch "Er" kam hervorgekrochen.

"Hhm!"
Sie betrachtete es als "Ja".

"Und ich mach Glühwein bis ihr wieder da seid!"
Ma steckte den großen Stern auf die Spitze des Baumes.

"Für mich diesmal nicht, Sonja."

Sie warf die letzten Lamettastreifen über einen Ast.

Gemeinsam betrachteten sie ihr Werk.
"Gut gemacht. Klasse!"
"Auf geht`s!" Das galt mir.

Wir zogen Stiefel, Schal und Mantel an und gingen aus dem Haus.

Es war sehr kalt und der frische Schnee knirschte unter unseren
Stiefeln.
Wir hakten uns gegenseitig an den Ellbogen ein.

In vielen Fenstern und auf Balkonen brannten bereits bunte
Weihnachtslichter und sorgten für eindrucksvolle Stimmung.

Von oben warf "Er" sein milchiges Licht vom Himmel und es wurde
von der gleißenden Schneeoberfläche millionenfach reflektiert.

Ich war stolz auf mich. "Er" hatte mich nicht bekommen!

"Geralt!"
"Hhm?"
"Liebst du mich?"

Ich blieb stehen, drehte sie zu mir und blickte sie an.
In Ihren Augen brach sich das Mondlicht!

"Kannst Du dich noch daran erinnern was Du mir vor knapp einem
halben Jahr am Telefon gesagt hast?"
Sie überlegte kurz und nickte dann.

"-Egal wann, -egal wo, -egal weshalb, -und egal was in Zukunft mit dir
passiert:
- ich werde immer für dich da sein!!!!"

Wir küssten uns lange.
Dann blickte sie zu „Ihm" nach oben.

„Geralt. - Ich bin schwanger!"

© 2020
Herstellung und Verlag: BoD – Books on Demand, Norderstedt
ISBN: 978-3-7519-3602-6